AF197079

Tucholsky Wagner Zola Scott Sydow Freud Schlegel
Turgenev Wallace Fonatne

Twain Walther von der Vogelweide Fouqué Friedrich II. von Preußen
Weber Freiligrath
Kant Ernst Frey
Fechner Fichte Weiße Rose von Fallersleben Richthofen Frommel
Hölderlin
Engels Fielding Eichendorff Tacitus Dumas
Fehrs Faber Flaubert
Eliasberg Ebner Eschenbach
Feuerbach Maximilian I. von Habsburg Fock Eliot Zweig
Ewald Vergil
Goethe Elisabeth von Österreich London
Mendelssohn Balzac Shakespeare
Lichtenberg Rathenau Dostojewski Ganghofer
Trackl Stevenson Doyle Gjellerup
Tolstoi Hambruch
Mommsen Lenz Droste-Hülshoff
Thoma von Arnim Hanrieder
Dach Verne Hägele Hauff Humboldt
Reuter Rousseau Hagen Hauptmann
Karrillon Garschin Gautier
Defoe Baudelaire
Damaschke Descartes Hebbel
Hegel Kussmaul Herder
Wolfram von Eschenbach Dickens Schopenhauer Rilke George
Bronner Darwin Melville Grimm Jerome
Bebel Proust
Campe Horváth Aristoteles
Bismarck Vigny Barlach Voltaire Federer Herodot
Gengenbach Heine
Storm Casanova Tersteegen Grillparzer Georgy
Chamberlain Lessing Langbein Gilm
Brentano Lafontaine Gryphius
Strachwitz Claudius Schiller Kralik Iffland Sokrates
Katharina II. von Rußland Bellamy Schilling
Gerstäcker Raabe Gibbon Tschechow
Löns Hesse Hoffmann Gogol Wilde Vulpius
Luther Heym Hofmannsthal Gleim
Klee Hölty Morgenstern
Roth Heyse Klopstock Goedicke
Luxemburg Puschkin Homer Kleist
La Roche Horaz Mörike
Machiavelli Musil
Navarra Aurel Musset Kierkegaard Kraft Kraus
Lamprecht Kind Kirchhoff Hugo Moltke
Nestroy Marie de France
Laotse Ipsen Liebknecht
Nietzsche Nansen
Marx Lassalle Gorki Klett Ringelnatz
von Ossietzky May Leibniz
vom Stein Lawrence Irving
Petalozzi
Platon Knigge
Sachs Pückler Michelangelo Kock Kafka
Poe Liebermann Korolenko
de Sade Praetorius Mistral Zetkin

Unvergeßbare Worte

Paul Heyse

Impressum

Autor: Paul Heyse
Umschlagkonzept: toepferschumann, Berlin

Verlag: tradition GmbH, Hamburg
ISBN: 978-3-8424-0601-8
Printed in Germany

Paul Heyse

Unvergeßbare Worte

1883

Aus dem südöstlichen Thor von Vicenza, Porta Monte genannt, weil der Fuß des Monte Berico hier dicht bis an die Stadt herantritt, rollte an einem sonnigen Aprilnachmittage des Jahres 1849 ein leichter Wagen auf der Landstraße dahin, dem Lauf des hellen Flüßchens Bacchiglione entgegen, das in sanften Krümmungen durch die heiteren Fluren strömt. Ein schönes junges Fräulein saß im Wagen, nachlässig zurückgelehnt, ohne darauf zu achten, daß ihr breiter Sommerhut sich verbog und die dunklen Sammetbänder zerknittert wurden. Desto aufrechter hielt sich ihr gegenüber auf dem Rücksitz eine ältliche Dame mit einem seidenen, blumengeschmückten Hut, einem zierlichen Sonnenschirm und schwarzseidener Mantille, die von Zeit zu Zeit durch eine goldene Lorgnette die Gegend betrachtete. Ob die zwei sich gegenübersaßen, weil für die sehr umfangreiche Person der älteren kein hinlänglicher Platz im Fond übrig blieb, oder weil es einer Kammerfrau nicht ansteht, neben einem Prinzeßchen zu sitzen, war nicht zu erraten. Zwar deutete das feine, etwas kühle und stolze Näschen des Fräuleins auf eine vornehme Herkunft. Aber auch die ältere wußte ihrem breiten, gutmütigen Gesicht den Ausdruck einer nicht geringen Wichtigkeit zu geben, und indem sie dann und wann ein Gähnen verbarg, sah sie auf das fruchtbare Land zu ihrer Rechten und die zerstreuten Häuschen und Hütten an den Abhängen des Monte Berico zur Linken mit so herablassender Gleichgültigkeit, als ob es eine besondere Gnade wäre, daß sie einen Blick ihrer kleinen vergißmeinnichtblauen Augen an sie wendete.

So waren sie noch keine halbe Stunde gefahren, als der Wagen rechts in einen Hohlweg einlenkte und nach einem kurzen, mühsameren Anstieg vor einem hohen Gartenthore hielt, dessen mächtige

Steinpfeiler durch drei eiserne Gitter verschlossen waren. Der Kutscher sprang vom Bock und riß an einem rostigen Glockenzug, der weit ins Innere eines niedrigen Gebäudes hinter dem Eingang führte, so daß der Schall der Klingel draußen nicht vernommen wurde. Auch dauerte es eine Weile, bis aus dem Hause drinnen ein Lebenszeichen zurückkam.

Inzwischen hatten die Damen Zeit, durch das Gitter in den Garten zu spähen. Ein breiter Weg führte zwischen zwei dichtgeschorenen Wänden von immergrünem Laube zu einer freien Höhe hinan, auf welcher ein viereckiges Gebäude von mäßigem Umfang mit flachrundem Dache stand. Ein Portikus mit niedrigem Giebel sprang vor, auf sechs schlanken Säulen ruhend, zu denen eine breitstufige Treppe hinaufführte. Dieser zierlich-feierliche Bau lag in der tiefsten Einsamkeit, rings von hohem Grase umwuchert, und die vielen Götterbilder von gelblichem Stuck, die sich auf allen Vorsprüngen des Daches und der Freitreppe, ja schon auf den oberen Rändern der beiden Hecken niedergelassen hatten, schienen als die alleinigen Herren den zauberhaften Frieden dieses verödeten Landsitzes zu genießen.

Maria Joseph! rief die ältere Dame, nachdem sie einen kurzen Blick durch ihre Lorgnette geworfen, ich glaube gar, Neßchen, das ist wieder so ein Heidentempel, wie wir schon mehrere gesehen haben, mit lauter Götzenbildern. Müssen wir hier wirklich aussteigen und all diese *antiquités* in der Nähe beschauen?

Du kannst sitzen bleiben, Zephyrine, und hier im Wagen deine versäumte Siesta nachholen, erwiderte das Fräulein mit lächelnder Miene. Nur mußt du dann dein Lebtag eingestehen, daß du eine der größten Sehenswürdigkeiten von Vicenza verschlafen hast. Dies ist kein Tempel, sondern die berühmteste Villa der ganzen Lombardei, die der große Palladio für einen reichen Marchese gebaut hat, derselb, weißt du, der all die schönen Paläste und das Stadthaus und das seltsame antike Theater, von dem wir eben herkommen, erfunden und ausgeführt. Da ich für deine Kunstbildung verantwortlich bin, hab' ich dir auch das zeigen wollen. Aber zwingen will ich dich nicht. Da kommt eben der Pförtner, dem kannst du mich ruhig allein anvertrauen.

Was denken Sie nur, Neßchen! rief die andere und machte Anstalten, zuerst auszusteigen. Ich bin wahrhaftig nicht müde und habe nur so geredet, weil ich die ewigen Säulen nicht leiden kann. Aber vielleicht verstehe ich das nicht. Wenn es die letzten sein sollen für heute, will ich auch das noch über mich ergehen lassen. Es ist nur so schwül, und an Schatten scheint in diesem verwunschenen Park kein Überfluß zu sein. *Merci, mon ami. Me voilà!*

Diese Worte richtete sie an einen kleinen mürrischen Alten, der das Seitenpförtchen aufgeschlossen hatte und jetzt ohne ein Wort zu sagen an den Wagen trat, um den Damen behülflich zu sein. Sie setzte, da sie keine Silbe Italienisch wußte, voraus, daß jedermann ihr Französisch verstehen müsse. Dabei schwang sie sich mit so jugendlicher Grazie vom Wagentritt hinab, wie man es ihrer schwerfälligen Figur nicht zugetraut hätte, wandte sich dann nach dem Fräulein um und bot ihr zum Austeigen die Hand. Hierauf gingen sie langsam den sanft ansteigenden Weg hinan, die ältere nicht ohne einiges Keuchen, obwohl der Schatten der hohen Laubwand die Hitze milderte, das Fräulein mit einem ruhigen, leichten Schritt, den feinen Kopf ein wenig in den Nacken zurückgeworfen und mit den zarten Nasenflügeln und dem halbgeöffneten Munde die wollustigen Düfte dieser grünen Einsamkeit einatmend. Als sie die Höhe erreicht hatte, stand sie still und ließ ihre großen dunklen Augen langsam über die einzelnen Teile des reizenden Gebäudes schweifen, das hier in seiner Gestalt sie noch mehr entzückte, als in den Abbildungen, die sie früher davon gesehen. Das reine Blau des Frühlingshimmels umfloß die edlen Linien der vorspringenden Giebel, wie ein durchsichtig weiches Gewebe sich um schöne ruhende Glieder schmiegt, so nahe schien der unendliche Äther an das Gestein heranzutreten. Dazu die blühende Wildnis ringsum, in der keine Spur einer ordnenden Menschenhand zu entdecken war, die Rosen an den verfallenen Mäuerchen, die bunten Blumen, die aus der verwilderten Wiese sie anlachten, und fern in den Reben- und Maulbeergärten, die das Sommerhaus unabsehlich umringten, ein betäubendes Geschwirr von Grillen, Vogelstimmen und Laubfröschen, während die schwüle Luft mit fast sichtbarem Zittern hin und her wogte.

Indessen war der Alte, dem die Bewachung dieses verlassenen Paradieses anvertraut war, die vordere Treppe hinaufgeeilt und hatte die Thür unter dem schattigen Portikus aufgeschlossen: dann verschwand er ins Innere, während die beiden Damen ihm langsam folgten. Das Fräulein sprach kein Wort. Zephyrine dagegen konnte sich nicht enthalten, über die – wie sie ausdrückte – mythologischen Unschicklichkeiten, die hier überall herumstanden, ihre mißbilligenden Bemerkungen zu machen. Wenn sie noch wenigstens der Sünde wert wären? rief sie mit drolliger Entrüstung. Aber sehen Sie nur, Neßchen, diese Nymphe mit der völlig zerflossenen Taille und diesen *horreurs* von Plattfüßen, und jener junge Mann, – nein, *une femme, qui se respecte,* sollte mit solchem *mauvais genre* verschont werden, und wenn es zehnmal darunter stände, daß man es hier mit Göttern und Göttinnen zu thun hat!

Die Junge sah an alle dem vorbei und rümpfte nur leicht die feine Oberlippe zu dem Geschwätz ihrer Begleiterin. Als sie aber jetzt durch den dunklen Eingang in den schauerkühlen mittleren Raum eintrat, jene berühmte Rotunde, die durch eine schlank sich wölbende Kuppel so stolz und anmutig geschlossen wird, entfuhr ihr ein Ah! der kindlichsten Bewunderung. Sie stand eine ganze Weile in diesem Helldunkel mit halbgeschlossenen Augen, die nichts einzelnes sahen, nicht die Stuckornamente in ihren verblichenen Farben, noch die Statuen auf ihren verstaubten Sockeln. Nur ein seltsames Wohlgefühl durchströmte sie, indem sie sich des scharfen Kontrastes bewußt ward zwischen der schwülen, durchsonnten Helle da draußen und der kühlen Heimlichkeit dieses Raumes, dessen Dämmerung sich mehr und mehr lichtete, da nun die vier im Kreuz einander gegenüberstehenden Thüren eine nach der andern durch den Alten geöffnet wurden und Wärme und Licht von draußen eindringen ließen.

Der Haushüter war wieder zu ihr getreten und fragte, ob sie nicht die Wohnzimmer sehen wolle. Sie nickte und folgte ihm durch eine Reihe sehr verwahrloster Gemächer, die um den Mittelsaal herum sich aneinanderschlossen. Sie waren dürftig möbliert, und der Staub lag auf den altmodischen Sesseln aus der Napoleonischen Zeit, den dünnbeinigen Tischchen, den Bettgestellen, deren Pfühle und Matratzen seit Jahren nicht gelüftet zu sein schienen. Die Herrschaften hielten hier schon lange nicht mehr ihre Villegiatur. Sie seien nicht gut zu sprechen auf das österreichische Regiment und hätten andere Landhäuser genug, so daß sie die Rotunde verfallen ließen. Auch müßte, um sie wohnlich zu machen, gar zu viel hineingesteckt werden.

Das Fräulein hatte dem alten Murrkopf geduldig zugehört, während er die früheren Zeiten pries, wo es hier zuweilen hoch hergegangen sei und Sänger und Geiger den Kuppelsaal von der schönsten Opernmusik hatten widerhallen lassen. Er schleuderte die Worte mit einer wunderlichen Heftigkeit hinaus, als mache er auch sie, die er mit Recht für eine Österreicherin nahm, für die traurige Veränderung der Dinge verantwortlich. Sie betrachtete dabei aufmerksam die Deckengemälde, die Marmorgesimse der Kamine und was irgend an die entschwundenen festlichen Zeiten erinnerte. Dazwischen warf sie die Frage ob er wohl glaube, daß die Familie, wenn sich ein Käufer fände, die Villa hergeben würde.

Der Alte sah sie groß an. Ein solcher Gedanke war ihm offenbar nie durch den Kopf gegangen.Während er mit einer achselzuckenden Gebärde die Fragerin anstarrte, wandte sie sich nach ihrer Begleiterin um, die ihr unlustig gefolgt war. Was meinst Du, Zephyrine? sage sie. Müßte es sich hier nicht herrlich hausen lassen, natürlich nicht in der heißesten Zeit, aber so im Herbst, wenn es auf Hainstetten schon rauh und unwirtlich zu werden anfängt? Man könnte den Garten hier ganz so lassen, wie er ist, nur die Zimmer müßten sauber werden und – ist eine Küche da? fragte sie den Alten. Nun, die ließe sich in den Kellerräumen zur Not einrichten. Ist es nicht drollig, Zephyrine, daß von einer Küche hier gar keine Rede ist? Als ob die Besitzer, wie die Statuen draußen, immer nur von der Luft gelebt hätten, oder gar wie die olympischen Götter von Nektar und Ambrosia.

Zephyrine war nicht gelaunt, auf diese Scherze einzugehen. Sie behauptete, die Moderluft in diesen Räumen falle ihr auf die Brust, und als sie in einem Eckzimmer, wo jetzt die Sonne breit hereindrang, ein mit verschossenem Seidenstoff überzogenes Sofa erblickte, lief sie darauf zu und ließ sich auf das harte Polster sinken mit der Miene eines gehetzten Wildes, das endlich auf einer gesicherten Stelle zusammenbricht.

Das Fräulein nickte ihr mit einem zerstreuten Lächeln zu und ging weiter. Auch den Alten verabschiedete sie. Er brauche ihr nicht immer auf den Fersen zu bleiben. Er werde es ohnehin müde sein, immer dieselben Zimmer zu durchmustern und vor jedem Fremden die Persianen aufzumachen. Ob er oft Besuch erhalte? Es sei verschieden, je nach der Jahreszeit. Im Frühjahr und Herbst kämen die meisten. Auch heute Vormittag sei schon jemand dagewesen, ein junger Herr, der zu Fuß von der Stadt herausgekommen und alles sehr genau besichtigt, ihn dann aber fortgeschickt habe, weil er eine Zeichnung habe machen wollen. Hernach sei er plötzlich verschwunden gewesen, ohne etwas mitzunehmen, wie er sich genau überzeugt, doch freilich auch ohne etwas zurückzulassen.

Das Fräulein griff in die Tasche, zog ein Geldbeutelchen heraus und gab ihm ein großes Silberstück. Das Geschenk, das weit über seine Erwartung war, machte ihn aber nicht freundlicher. Er nickte finster mit dem Kopf, indem er sich zum Gehen wandte; die Damen möchten nur bleiben, so lange sie wollten, er müsse in sein Haus, nach seinem bißchen Essen zu sehen, das auf dem Herde stehe. Seine Enkelin sei ein dummes Ding von sieben Jahren und lasse die Polenta gern anbrennen.

Als sie nun allein war, ging sie wieder in den Kuppelsaal und setzte sich auf den Sockel einer Jupiterstatue. Da überließ sie sich einer schwermütigen Träumerei, indem auf einmal ihr ganzes junges Leben, wie in ein großes Tableau zusammengedrängt, vor sie hin trat und trotz der bunten Farben sie mit einem unheimlichen Gefühl von Leere und Kälte durchschauerte. Sie konnte es endlich nicht länger aushalten, stand mit einer stolzen Bewegung, wie jemand, der einer feindlichen Macht die Stirne bietet, auf und warf die Locken zurück. Der Hut fiel ihr in den Nacken, sie fuhr leicht zusammen, als habe sie ein Fremder an der Schulter berührt. Dann ging sie, da die Götterbilder mit ihren leeren Augen und erstarrten Lippen ihr plötzlich abscheulich vorkamen, langsam quer durch den Saal und trat durch den gegenüberliegenden Portikus ins Freie.

Hier war sie im Schatten und konnte, während die sanfte Luft ihre freie Stirn umspielte, die herrliche Gegend draußen betrachten. Gerade gegenüber sah sie die grüne Kuppe des Monte Berico, aus dessen Waldwipfeln die kleine, helle Kirche sich bescheiden erhob. Dann weiter hinaus zur Linken in violetten Duft getaucht die Euganeischen Hügel und bis an ihren Fuß sich hinstreckend das fruchtbarste Gelände noch im ersten Grün des jungen Jahres. Keine

Wolke hing an den fernen Berghöhen, kein Menschenlaut drang aus den Hütten, die in die Vignen hineingestreut lagen. Unten wo die Rosen bis dicht an den Mauerrand hinaufkletterten, jagten sich zahllose Schmetterlinge von einer Art, die sie nie zuvor gesehen. Sie ging langsam die Stufen hinab; es lüstete sie, einen zu fangen und näher zu betrachten. Als sie aber unten angelangt war und um die Treppenwange bog, blieb sie plötzlich mit einem leichten Erschrecken stehen.

Im hohen Grase, dort wo die Freitreppe mit der Wand des Hauses einen tiefen Winkel bildet, lag ein Schlafender lang ausgestreckt, den Kopf in die verschränkten Arme zurückgeworfen, den Hut über die halbe Stirn gedrückt. Hier war noch vor kurzem der kühlste Schatten gewesen. Aber die Sonne, die das Gebäude umwandelte, drang eben durch die Säulen des nächsten Portikus vor und ließ einen schiefen Strahl auf den Schläfer gleiten, der von den Knieen aufwärts über die Brust vorrückte und in kurzem das Gesicht erreichen mußte.

Es war ein blasses, junges Gesicht, mit hageren Zügen, die selbst im Schlaf etwas Gespanntes und Leidmütiges hatten. Das blonde Haar fiel dicht und schlicht von der Schläfe herab, daß der sehr weiße Hals sichtbar war. Zuweilen, wenn dem Schläfer etwas Heiteres vorbeigehen mochte, zog sich die Oberlippe ein wenig von den Zähnen zurück, die dann in der Sonne blitzten. Die Augen aber, im Schatten des Hutrandes, blieben streng geschlossen, und zwischen den Brauen stand eine nachdenkliche Falte.

Eine Weile hatte ihn das Fräulein betrachtet, ohne sich zu rühren, so ernsthaft, als ob sie alle Gedanken und Bilder, die durch seine schlummernde Phantasie zogen, ihm vom Gesicht hätte ablesen können. Dann schien sie es plötzlich als etwas Unschickliches zu empfinden, daß sie den Arglosen so belausche. Eine leichte Röte stieg ihr ins Gesicht, sie wandte sich kurz ab und ging lansam mit lautlosen Schritten die Treppe wieder hinauf. Nur unter den Säulen oben warf sie noch einen raschen Blick nach dem Fremden zurück, dem die Sonnenstrahlen jetzt schon den unteren Rand der Augenlider streiften. Sie sah noch, daß er eine Bewegung machte, wie um etwas abzuwehren. Dann trat sie wieder über die Schwelle des runden Saals.

Das Licht aber war nach und nach Herr über die traumumfangenen Sinne des Schläfers geworden. Er suchte erst das Gesicht wieder in den Schatten zu wenden, dann nieste er ein paarmal kräftig und schlug die Augen auf. Doch war ihm zu wohl auf seinem grünen Lager, um sich sogleich zum Aufstehen zu entschließen. Er mußte sich offenbar auch erst besinnen, wo er lag; als er es dann wußte, streckte er sich erst recht in wonniger Trägheit aus und ließ seinen Blick in den unergründlich tiefen Himmelsglanz versinken. Da hörte er plötzlich eine Frauenstimme aus dem Innern de Hauses, die einen süßen, klagenden Gesang anstimmte: »Ach, ich habe sie verloren«. Er kannte die Weise und die Worte sogleich: doch war es ihm, als hätte er sie nie so rein und seelenvoll singen hören. Es schien ihm wie ein Märchen, daß in dieser Einsamkeit unter italischem Himmel das Lied des Orpheus aus einem deutschen Munde ertönte. Langsam, als ob jedes leiseste Geräusch den Zauber verscheuchen könnte, richtete er sich im Grase auf und horchte so eine Weile. Dann trieb ihn die Neugier doch endlich, aufzustehen und vorsichtig schleichend die Treppe zu ersteigen.

Als er oben unter die Säulen trat, brach der Gesang plötzlich ab. Er sah, wie die schlanke Gestalt der Sängerin mitten im Saale stand, ihm den Rücken zukehrend. Jetzt bewegte sie sich ruhig nach der entgegengesetzten Seite, die letzten Noten der Arie halblaut vor sich hin summend. Er ging ihr hastig nach, blieb aber stehen, da sie sich jetzt umwandte und ihn mit einem kühlen Blick von oben bis unten maß.

Mein Fräulein, sage er, ich muß sehr um Entschuldigung bitten, daß ich Ihren Gesang unterbrochen habe. Ich selbst aber bin am härtesten dadurch bestraft worden. Ich werde mich sogleich wieder zurückziehen. Sie antwortete nicht auf die Stelle, sondern schien ihre Musterung seiner Person erst beenden zu wollen. Dann ging ein kaum merkliches Erröten über ihr Gesicht.

Sie haben mich durchaus nicht gestört, sagte sie, und wenn jemand sich zu entschuldigen hat, bin ich es. Mein Singen hat Sie aus dem Schlaf geweckt, und daß ich es nur gestehe: ich hab' es mit Absicht gethan. Ich fand Sie draußen im Grase liegend und sah, wie die Sonne Ihnen ins Gesicht rückte. Das können nur ohne Schaden vertragen, die in diesem Lande geboren sind. Die Fremden bekommen leicht den Sonnenstich.

Und Sie haben mir den Fremden gleich am Gesicht, oder vielmehr am Haar angesehen, versetzte er lächelnd. Was aber mögen Sie davon gedacht haben, daß ein Reisender in dieser paradiesischen Umgebung nichts Besseres zu thun weiß, als zu schlafen?

Ich wüßte nicht, was mich verpflichten könnte, Ihnen meine Gedanken zu verraten, erwiderte sie ein wenig scharf. Übrigens beruhigen Sie sich: ich habe mir wirklich gar nichts dabei gedacht. Warum soll man nicht schlafen, wenn man sich an etwas Schönem satt gesehen hat? Der alte Mann, der dieses Landhaus behütet, sprach von einem Fremden, den er schon am Vormittag hier herumgeführt habe, und der ihm dann abhanden gekommen sei. Wenn Sie derselbe sind –

Ich kann es nicht leugnen, sagte er, immer mit der gleichen halb ironischen, halb schwermütigen Miene, die ihm einen anziehenden Ausdruck gab. Ich schickte den Mann fort, um ein paar Striche in mein Skizzenbuch zu machen. Da ich aber nur ein armseliger Dilettant bin und diese Landschaft meiner schwachen Kräfte spottet, verfiel ich in eine Art Trübsinn und war endlich froh, daß der Schlaf sich meiner erbarmte.

So werden Sie mir zürnen, daß ich mir herausnahm, Sie zu wecken. Aber ich gehe sogleich und überlasse Sie wieder Ihrem Tröster.

Sie setzte ihren Strohhut auf und band ihn unter dem Kinne fest. Er konnte die Augen nicht von dem schönen Gesicht wenden, dessen reines Oval in dieser Umrahmung nur noch bezaubernder erschien.

O mein Fräulein, sagte er, es wäre jetzt umsonst. Der Gedanke, Sie verscheucht zu haben, würde mir keine Ruhe lassen, auch wenn mich die Nacht hier noch fände und ich zwischen allen Schlafzimmern dieses Hauses die Wahl hätte. Überhaupt ist es um meine Nächte übel bestellt, seitdem ich in Italien bin, und zumal in diesem benedeiten Vicenza. Wissen Sie, wer mich nicht schlafen läßt? Sie werden es schwerlich begreifen, da ich weder ein Maler bin, noch ein Baumeister, noch überhaupt ein Künstler, sondern nur ein simpler Doktor der Philosophie: es ist aber kein anderer, als der große Palladio, dessen Schatten mir hier die Ruhe stiehlt. Und eben, weil ich die ganze vorige Nacht kaum eine Stunde lang ein Auge schließen konnte, überfiel mich in der Schwüle draußen so etwas wie eine Betäubung, mit der die Natur sich zu ihrem Rechte verhalf.

Sie hatte ihn, während er sprach, mit immer erstaunteren Augen betrachtet. Zuerst war die große Sicherheit seines Wesens ihr fast beleidigend erschienen, da sie es gewohnt war, junge Männer durch ihre Schönheit ein wenig in Verwirrung zu bringen. Dann schwand diese kleine Regung vor einem edleren Gefühl, da er so offen und redlich zu ihr sprach, wie zu einer längst vertrauten Person, der man alles sagen kann.

Was hat Ihnen Palladio zuleide gethan? fragte sie endlich und ließ sich, so unbequem der Sitz war, wieder auf den Sockel der Jupiterstatue nieder.

Ich weiß in der That nicht, ob Sie mich verstehen werden, versetzte er, während sein Blick an ihr vorbei an den schlanken Pfeilern hinauf in das Helldunkel der Kuppel irrte. Ich müßte Ihnen erst von meiner geringen Person ein mehreres sagen, und das würde Sie schwerlich interessieren.

Warum nicht? es käme auf den Versuch an.

Er lächelte trübsinnig. Weil es wirklich nicht interessant ist, versetzte er. Wie komme ich überhaupt dazu, Ihnen, mein Fräulein, der ich nicht die Ehre habe bekannt zu sein – und eben fällt mir erst aufs Herz, daß ich Sie von Ihrer Gesellschaft zurückhalte. Ich muß zum zweiten Mal um Entschuldigung bitten.

Er verneigte sich leicht, als ob er sich verabschieden wollte.

Meine Gesellschaft? erwiderte sie lächelnd. Die ist so gescheit, wie Sie vorhin waren, nur noch ein wenig gescheiter, da sie sich einen Winkel zur Rast ausgesucht hat, wo sie vor zudringlichen Sonnenstrahlen sicher sein kann. Nein, ich habe gar keine Eile, und wenn es nicht indiskret ist, wüßte ich gar zu gern, warum der große Palladio, der seit dreihundert Jahren so viele Menschenaugen entzückt hat, Ihnen Ursache zur Melancholie geben konnte, da Sie ja, wie Sie sagen, sein Vorbild in ihm sehen, dessen Lorbeeren Sie nicht schlafen ließen.

Und wenn es dennoch so wäre, sagte er hastig, und seine Blicke starrten jetzt unverwandt auf den Boden. Aber nochmals: es ist umsonst, davon zu reden. Gewisse Stimmungen, die leicht einen Mann überwältigen können. haben nun einmal keine Macht über ein weibliches Wesen. Ich weiß nicht, ob ich meine eigene Schwester, wenn ich eine hätte, zur Vertrauten machen würde. Wollen wir nicht lieber von etwas anderem reden, von etwas Hübscherem? Waren Sie schon in dem Garten droben auf dem Monte Berico, von wo man den schönen Blick auf die Stadt und das Gebirge genießt?

Sie warf den Kopf ein wenig zurück. Ich habe nicht das mindeste Recht auf Ihr Vertrauen, sagte sie langsam; aber wenn Sie mich so ohne weiteres nur nach der üblichen Ansicht vom weiblichen Geschlecht beurteilen. möchten Sie sich doch täuschen. Leider habe auch ich, so jung ich bin, allerlei Stimmungen kennen gelernt, die ich einer Schwester – wenn ich eine hätte – schwer begreiflich machen könnte. So stehen wir also gleich. Und da ich nicht Lust habe, über schöne Aussichten zu sprechen –

Sie stand auf und machte ihm eine leichte Verbeugung. Das riß ihn plötzlich aus seiner spröden Befangenheit.

Verzeihen Sie, mein Fräulein, sagte er lächelnd, wenn ich mich vielleicht unhöflich ausgedrückt habe. Es ist in der That wunderlich genug, daß ich hier einer fremden jungen Dame fast wie ein armer Sünder gegenüberstehe, der verhört werden soll und den Verstockten spielt. Damit Sie aber keine schlechtere Meinung von mir mit fortnehmen, als ich verdiene, will ich nur eingestehen, was für Regungen in meiner armen Seele durch diesen Palladio geweckt worden sind. Sie kennen ihn ja auch, Sie haben ohne Zweifel alle die Wunderwerke gesehen, die er da unten in der Stadt errichtet hat, von der überherrlichen Basilika, dieser einzigen Vermählung der Anmut mit der Majestät, bis zu dem Häuschen am Korso, das mit seiner schmalen Front zwischen den gemeinen Bürgerhäusern steht, wie ein Prinz von Geblüt, der in Reih' und Glied mitmarschiert, weil er von de Pike auf dienen muß. Ich weiß nicht, ob Sie einen besonderen Sinn für Architektur haben. Mir hat er bis dato gefehlt, oder noch in mir geschlafen, und erst hier sind mir die Augen aufgegangen und mit den Augen das Herz. Denn gerade, weil mir die übrigen Künste, obwohl ich keine selbst ausübe, immer Herzenssache waren und die Baukunst nur zu meinen äußeren Sinnen sprach, ist sie mir fern geblieben. Und nun komme ich nach Vicenza und gehe ganz arglos unter diesen Steinen herum, die alle einen Namen tragen, und plötzlich sieht mich aus all den stummen Säulen, Pilastern und Giebeln ein Menschengesicht an, das heiterste, erhabenste und liebenswürdigste, das ich je gesehen, und mir ist, als fühlte ich durch die Adern dieser Marmorblöcke einen lebendigen Pulsschlag klopfen, und wo ich sonst nur ein unpersönliches Wesen zu verehren pflegte, welches in der Kunstsprache Maß genannt wird, Proportion und Harmonie der Glieder, entdeckte ich jetzt zum ersten Mal ein Menschenherz voll unsterblicher Wärme, das mir etwas zu sagen hätte und dessen leisestes Wort ich verstände. Sie werden mich für einen tollen Phantasten halten, mein Fräulein; aber Sie haben mein Geständnis verlangt; dieser Tollheit habe ich mich in allem Ernst schuldig gemacht, und nicht am wenigsten auch hier in der einsamen Rotonde, bis der Schlaf so gnädig war, mich wenigstens nicht mehr mit offenen Augen träumen zu lassen.

Sie sah an ihm vorbei durch die dunkle Vorhalle in den sonnigen Garten hinaus. Ich verstehe Sie ganz gut, sagte sie nach einer kleinen Weile. Auch ich habe dergleichen erlebt, nur nicht gerade an Gebäuden, doch bei etwas Verwandtem. Kennen Sie Bach? Nun sehen Sie, aus manchen von seinen schwersten Fugenrätseln, die den meisten nur wegen ihrer starken Architektur bewundernswürdig scheinen, habe ich gerade seinen Herzschlag heraustönen hören. Vielleicht weil ich mich ein wenig verwandt gefühlt habe – nur ganz von fern, da ich mich mit einem solchen Riesen natürlich nicht messen kann. Aber es war mir, als hörte ich da dieselben Blutwellen rauschen, die auch meine geringe Kraft stählen, daß ich meinen Willen nicht beugen mag. Sie lächeln. Erst hab' ich mich Ihnen neugierig gezeigt, jetzt gestehe ich, daß ich eigensinnig bin; man kann nicht offenherziger seine Schwächen beichten, wenn man auf sie stolz ist, was ich wahrlich nicht bin. Aber Sie sollen mit Ihrem Vertrauen wenigstens nicht allein bleiben, nicht allein das Gefuhl haben, verhört worden zu sein. Nur das eine sagen Sie mir noch: warum hat Sie das traurig gemacht, daß Sie, wo Sie nur einen talentvollen Baumeister erwarteten, einen großen und liebenswürdigen Menschen finden sollten?

Oh mein Fräulein, rief er, wenn ich Ihnen diese Frage genügend beantworte, so erfahren Sie in dieser ersten Stunde einer zufälligen Bekanntschaft mehr von mir, als meine eigene Mutter je geahnt, als ich meinen vertrautesten Jugendfreunden eingestanden habe. Und Sie möchten am Ende müde werden, nicht nur hier auf diesem kühlen Steinboden zu stehen, sondern vor allem, mir zuzuhören. Wollen Sie mir nicht erlauben, Sie zu Ihrer Gesellschaft zurückzubegleiten?

Nein, versetzte sie ruhig. Sie wissen ja, daß ich eben so hartnäckig auf meinen Willen bestehe, wie ich neugierig bin. Also ermüde ich nicht so leicht. Aber Sie haben recht, wir sollten ein wenig herumgehen, während Sie mir das alles sagen. Niemand eignet sich besser zum Vertrauten, als jemand, der man hernach vielleicht nie im Leben wieder begegnet. Wenn ich Geheimnisse hätte, würde ich sie wahrscheinlich Ihnen lieber anvertrauen, als einer sogenannten Freundin, die sie gewiß weiterplauderte, wenn auch nur gegen ihren eigenen Mann. Und meine Mutter – lebt die Ihre noch?

Sie ist schon vor fünf Jahren gestorben.

Die meine lebt, aber sie ist leider die letzte, der ich etwas von meinem inneren Leben mitteilen könnte. Sie hat meinen Vater so leidenschaftlich geliebt, daß sie, als er starb – das ist schon über acht Jahre her – aus der dumpfen Verstörung, in die der Schmerz sie versetzte, nicht wieder völlig aufgewacht ist. So lebt sie hin in einer Art geistigem Helldunkel. Sie kennt alles um sie her und nimmt auf ihre Weise an allem teil, aber es ist, wie wenn einem Menschen die Hände abgestorben sind: was er ergreift, dringt nicht mehr in sein Bewußtsein. Sie sehen nun, warum ich eigenwillig geworden bin: es war die bitterste Notwendigkeit, daß ich einen Willen für zwei haben mußte, ja für drei, da ich noch einen kleinen Bruder habe, der erst wenige Monate nach des Vaters Tode zur Welt kam. Glauben Sie mir, es ist kein Glück, zu früh selbständig zu werden, wenn man mit seinen Mädchenträumen noch nicht fertig geworden ist, schon ein großes Haus regieren und seine eigene Mutter bevormunden zu müssen. Und nun habe ich Ihnen genug von mir erzählt, nun ist die Reihe wieder an Ihnen. Aber lassen Sie uns lieber in den Garten hinaustreten. Indessen schläft meine gute Zephyrine den Schlaf der Gerechten fort. Ich werde Sie dieser meiner sogenannten Erzieherin nachher vorstellen, mit deren Erziehung ich jetzt meine liebe Not habe.

Zephyrine? sagte er lachend. Welch ein drolliger Name! Und sehr wenig passend zu ihrer jetzigen Erscheinung, wie Sie selbst sehen werden. Vor fünfundzwanzig Jahren aber, als ich noch nicht auf der Welt war, soll sie wirklich ihrem Namen Ehre gemacht haben. Denken Sie nur, meine ehemalige Bonne begann ihre Laufbahn auf den Brettern, als Tänzerin. Sie war die Tochter eines französischen Tanzmeisters, der eine wohlhabende Wiener Bürgerstochter geheiratet hatte. Über die Lampen hinweg bezauberte sie einen jungen Kaufmann, der sie heiraten wollte, vorher aber zu ihrer Ausbildung sie in eine Pension that; denn außer ihrem angeborenen Französisch hatte sie nicht die bescheidenste Bildung genossen. Und wie sie nun nach etlichen Jahren eine ganz leidliche Figur machen konnte, starb ihr Verlobter und Beschützer, und sie stand hülflos und mittellos in der Welt, da es auch mit ihren Eltern ein übles Ende genommen hatte. Um diese Zeit sah meine Mutter sich nach einer Bonne für meine junge Person um, und weil es hauptsächlich auf Französisch ankam – wir lebten damals wie noch jetzt auf unserem Gute in Steiermark – wurde Demoiselle Zephyrine damit betraut, meine ersten Schritte ins Leben hinein zu überwachen. Im Lauf der Jahre hat sich das Verhältnis umgekehrt, ich bin jetzt für ihre Aufführung verantwortlich und zugleich für meine eigene; denn wie sie über mich wacht, haben Sie ja mit erlebt. Sie läßt mich seit einer halben Stunde mit einem unbekannten jungen Herrn die wunderlichsten Gespräche führen, ohne daß der geringste Gewissensbiß ihren Schlummer beunruhigt.

Er lachte, was ihm gut zu Gesichte stand. Nun wäre die Reihe an mir, mich Ihnen vorzustellen, sagte er. Aber in meiner Biographie geht alles sehr bürgerlich und alltäglich zu. Mein Vater war Professor an einem Gymnasium, und ich selbst wurde in der Meinung erzogen, daß dies auch für mich das höchste Ziel des Ehrgeizes sein müsse. Er aber hatte vor seinem Sohne etwas voraus, was es ihm möglich machte, mit so bescheidenen Ansprüchen dennoch das Glück zu finden: er liebte die Jugend und lehrte gern. Ich hatte nur eine Leidenschaft zum Lernen, immer mehr zu lernen, unter anderem auch mich selbst kennen zu lernen. Das Ergebnis war nicht geeignet, mich übermütig zu machen. Ich glaubte bald einzusehen, daß ich wohl das Zeug dazu hätte, ein nützlicher Mensch zu werden, aber die bloß nützlichen Menschen schienen mir im Grunde ziemlich überflüssig. Einer mehr – bei dem großen Vorrat redlicher Arbeiter, für den die Natur und die Gesellschaft gesorgt hat, – was kommt darauf an? Ich wäre so gern etwas für mich selbst geworden, etwas Neues, Besonderes, so recht Erfreuliches, daß nicht bloß eine Handvoll Schulbuben etwas an mir gehabt hätten, sondern, was man so die Menschheit nennt, zunächst die Mitwelt. Für die Nachwelt wäre mir dann nicht bange gewesen. Aber mit einem bißchen Philologie und Philosophie war das nicht zu hoffen. Damit treibt man eben in der großen Herde mit, die auf der nahrungsprossenden Erde friedlich weidet in dumpfem Genuß. Immer nur danken müssen für das, was andere einem zu genießen geben, – es widert uns an auf die Länge. Wie muß einem Menschen zu Mut sein, der so reich ist, daß er sich selbst alles verdankt, oder doch das Beste: den Genuß einer großen und starken Persönlichkeit? Ich weiß nicht, ob ich mich Ihnen deutlich mache, mein Fräulein. Frauen pflegen das nicht zu entbehren. Wenn sie nicht durch unglückliche Umstände traurig verbildet sind, haben sie eben das vor uns voraus, daß sie nicht allgemeinen Zwecken dienen und Uniform tragen, sondern daß jede ein Wesen für sich sein darf, gut oder schlimm, liebenswürdig oder unerquicklich, jedenfalls alles, was sie ist , kraft ihrer eigenen Persönlichkeit. Und ich – um des lieben Lebens willen, da ich kein Vermögen habe, – ich hätte nichts anderes anfangen können, als kleinen Knaben *mensa* beizubringen, bis ich endlich so weit hinaufgerückt wäre, grünen Jünglingen den Plato zu interpretieren. Da erbarmte sich meiner ein dummer Streich und eine barmherzige That. Der erste bestand darin, daß ich mich in die politische Bewegung stürzte und an einer Zeitung mitarbeitete, was für einen Schulamtskandidaten höchst frevelhaft war. Und als ich mir damit meine Carrière verdorben hatte, starb eine entfernte Verwandte, die mich immer bevorzugt hatte, und hinterließ mir ein Legat von zweitausend Thalern. Da wartete ich nicht ab, bis man mir den Stuhl vor die Thür des Gymnasiums setzte, sondern schüttelte den Schulstaub von den Schuhen und wanderte gen Süden. Ich nahm mir vor, hier in dem gelobten Lande, wo es all die Jahrhunderte hindurch nicht an Menschen gefehlt, die frank und frei sich herausnahmen, sich zu erfreulichen Charakterköpfen auszuwachsen, noch einen letzten

Versuch zu machen, ob ich es etwa auch so weit brächte. In welchem Stil und mit welchen Thathandlungen, war mir völlig gleich.

Und nun begreifen Sie vielleicht, daß es mich zu einem melancholischen Neide reizen mußte, wie ich hier die Bekanntschaft dieses Palladio machte, eines Menschen von solcher inneren Fülle und Schönheit, daß er nach Jahrhunderten noch angestaunt, nachgeahmt, geliebt und beneidet wird. Und das alles, obwohl auch er sich mit einer großen Erbschaft von Formen und Gedanken schleppen mußte. Wie aber hat er das alles wieder in sein Eigentum verarbeitet, den Goldschatz, den ihm die Antiken überliefert, in den Schmelztiegel seiner Phantasie geworfen und allem sein eigens Profil aufgeprägt! Wer so etwas vermag, der verdient zu leben, ja der nur lebt eigentlich, und wir herumvegetierenden, ewig empfangenden, ewig hungrigen Dutzendmenschen –

Er wandte sich ab und riß an einem Rosenzweig, daß die Blüten abblätterten und ins Gras fielen. Das ist nun das Erbärmlichste, setzte er zwischen den Zähnen murmelnd hinzu, daß ich mich verleiten lasse, von solchen ohnmächtigen Anwandlungen zu reden, als ob ich um Mitleid betteln wollte, oder schlimmer, mir noch etwas darauf zu Gute thäte, daß ich wenigstens meine Nichtigkeit empfinde. Aber seien Sie großmütig, verehrtes Fräulein, und vergessen Sie alles, was ich Ihnen da vorgestammelt habe, und am besten: vergessen Sie überhaupt, daß Sie diesem unzulänglichen Menschen begegnet sind. Dafür will ich Ihnen von Herzen alles gönnen, was Sie haben und sind, zur Freude von Göttern und Menschen. Leben Sie wohl!

Er lüftete den Hut, ohne sie anzusehen, und wandte sich zum Gehen. Aber ihr erstes Wort hielt ihn zurück.

Glauben Sie an einen Zufall, Herr Doktor, oder daß alles, was zwischen Himmel und Erde geschieht, Bestimmung sei oder Schicksal, wie man es nennen will?

Er sah sie groß an und suchte in dem schönen stolzen Gesicht, das eben jetzt seinen sanftesten Ausdruck hatte, nach einem Aufschluß darüber wie sie zu dieser Frage gekommen sei. Ich für mein Teil, fuhr sie fort, habe immer ein Gefühl von Schwindel, wenn ich mir klar machen will, wie es mit diesem Geheimnis beschaffen sein mag; als glitte ich unaufhaltsam in einen bodenlosen Abrgund. Ich fühle aber sogleich wieder festen Boden unter den Füßen, sobald ich mich selbst zu irgend etwas entschließen soll. Denn was ich will, ist mir nie ein Geheimnis, nur wie mit dem großen Willen, der die Welt beherrscht, mein Eigenwille sich verträgt. Sie müssen sich an das erinnern, was ich Ihnen von meinen häuslichen Verhältnissen erzählt habe. Wo käme ich da hin, wenn ich nicht Gott sei Dank wüßte, was ich wollte? Also nehmen Sie mir's nicht übel, wenn ich unsere so seltsame Bekanntschaft mir gleich zu nutze mache, als vollzöge ich nur einen Schicksalswink. Sagen sie mir aufrichtig: wenn Sie mit Ihren zweitausend Thalern zu Ende sind, ohne noch gefunden zu haben, was Sie in Italien suchen, was denken Sie, daß aus Ihnen werden soll?

Er sah still vor sich hin. Vielleicht wissen Sie es, mein Fräulein, oder ahnen es. Jedenfalls weiß es das Schicksal.

Was ich etwa ahnen mag, ist nichts Heiteres oder Tröstliches. Aber sagen Sie offen: muß es gerade Italien sein, wo Sie der Dinge harren, die da kommen sollen? Ich fürchte, Sie versinken, so als ein einsamer Wanderer, immer rettungsloser in Melancholie. Wollen Sie mir einen Vorschlag erlauben, natürlich *à prendre ou à laisser*?

Warum nicht, mein Fräulein?

Wir haben von so manchen Dingen geplaudert, mit denen man nicht bei einem flüchtigen Begegnen unterwegs fertig wird. Wie wäre es, wenn wir das Gespräch noch ein wenig fortsetzten, in aller Ruhe? Vielleicht kommen wir doch zu einem befriedigenderen Resultat. Darum wäre mein Vorschlag, Sie geben einstweilen Ihre Reise auf, das heißt, Sie verschieben sie nur und begleiten uns nach unserm Gut. Sie werden es dort ein wenig langweilig finden; aber da Sie damit beschäftigt sind, sich selbst zu entdecken, kann Ihnen das einförmige Leben nur dazu Vorschub leisten. Und wenn Sie etwa Bedenken tragen, nur so ganz einfach die Gastfreundschaft fremder Menschen anzunehmen, so können Sie sich in Ihren Mußestunden, wenn Sie mit sich selbst gerade nichts zu schaffen haben, ein großes Verdienst um uns erwerben, indem Sie sich meines kleinen Bruders ein wenig annehmen. Der alte Pfarrer wird schon recht kindisch; von seinem Latein habe ich nicht die beste Meinung, und daß er es nicht bis zum Griechischen gebracht hat, gesteht er selbst. Cäsar ist wie ein wildes Füllen, aber ein gutartiger Bub. Sie würden keine Last mit ihm haben und blieben ganz Ihr eigener Herr; denn den Schulinspektor mache ich selbst, die ich eine große Ignorantin bin, Was sagen Sie zu diesem Einfall? Nein, fuhr sie fort und errötete ein wenig, da sie seine Augen fest auf ihr Gesicht gerichtet sah, sagen Sie noch nichts, nicht gleich, nicht heute oder morgen. Ich vergaß, daß Sie keine besondere Freude am Lehren haben, jedenfalls nicht einen Schüler annehmen werden, den Sie noch nicht kennen. Verzeihen Sie mir meine Voreiligkeit. Aber wenn Sie bedenken, daß ich für die Erziehung dieses Knaben allein verantwortlich bin, werden Sie begreifen,wie sehr ich wünschen muß, ihn in solchen Grundsätzen aufwachsen zu sehen, wie ich sie Ihnen zutraue – nach dem wenigen, was Sie mir gesagt haben. Mein guter Vater hat ihn Cäsar genannt; er war ein schwärmerischer Anhänger Napoleon's, unter dem er noch gedient hatte. Aber ich fürchte, es wird nichts Großes aus ihm, wenn sich niemand seiner annimmt, als ein schwacher alter Priester und seine eigene junge Schwester. Wenn Sie nun auch ein wenig abergläubisch wären und es für einen besonderen Schicksalswink hielten, daß wir uns hier begegnet sind, so wäre es schön von Ihnen, uns nach Haus zu begleiten, nach unserm Gut. Sie sähen sich dort unser Leben an und vor allem den Zögling selbst. Wenn Sie kein Herz zu ihm fassen können, sagen Sie's ganz ehrlich. Sie haben dann nichts verloren, als ein paar Wochen, in denen Sie ein Stück unseres schönen Landes kennen gelernt haben. Morgen früh um neun Uhr reisen wir. Mögen Sie von Ihrem Palladio sich noch nicht trennen, so können wir auch bis übermorgen warten.

Er streckte ihr plötzlich die Hand entgegen.

Ich danke Ihnen, mein gnädiges Faäulein, sagte er; ich danke Ihnen herzlich für dies Anerbieten. Wenn ich es nicht sofort annehme, sondern mir bis morgen früh Bedenkzeit ausbitte, geschieht es wahrlich nur, weil Sie mich mit Ihrem Schicksalsglauben angesteckt haben. Nun weiß ich freilich, daß niemand seinem Schicksal entgeht. Doch da wir alle mit dem Vorurteil auferzogen werden, als wären wir Herren unsrer Handlungen und müßten dieselben nach den Geboten der Vernunft einrichten, um hernach doch zu thun, was wir nicht lassen können, so erlauben Sie mir, über Nacht auf eine höhere Eingebung zu hoffen. Es würde wie ein fades Kompliment klingen, wenn ich sagen wollte – nein, ich schweige lieber. Sie werden meine Unbeholfenheit mit einer Überraschung entschuldigen. Denn wahrhaftig, daß ich hier am Fuß der Rotonda einschlafen sollte, um durch eine solche Schicksalsbotin geweckt zu werden –

In diesem Augenblick hörten sie eine Stimme im Innern der Villa, die ängstlich einen Namen rief. Da ist die andere Schläferin, sagte das Fräulein lächelnd. Kommen Sie! Ich muß Sie ihr vorstellen. Sie braucht vorläufig nichts von unsrem Plan zu wissen: Aber ich vergesse: ich weiß noch nicht, wen ich vorzustellen habe.

Mein Name ist Philipp Schwarz.

Und der meine Victoire Clémence Freifräulein von Hainstetten. Wenn Sie mich von meiner alten Bonne »Neßchen« nennen hören, so ist das nichts als Abkürzung von Baroneßchen, wie sie mich schon als Kind angeredet hat. Sehen Sie, da tritt sie eben zwischen den Säulen hervor. Sagen Sie ihr gelegentlich etwas Artiges über ihre eleganten Bewegungen, wenn Sie ihre Eroberung machen wollen.

Sie hatten sich zu der Treppe zurückgewendet, auf welcher jetzt die stattliche Dame in sichtbarer Aufregung, zugleich von ihrem Schlummer und der Angst um das unsichtbar gewordene Fräulein gerötet, eilig herabstieg. Sie blieb sehr betroffen stehen, als sie den Femden erblickte. Das Fräulein aber, nachdem sie den Doktor mit einer scherzhaften Wendung ihr vorgestellt hatte, drängte zum Aufbruch und führte ganz allein das Wort auf dem Wege zum Gitter hinab. Unten am Wagen fanden sie den Pförtner, der argwöhnisch die Brauen zusammenzog, als er den Fremden vom Vormittage so unvermutet wiedersah. Doch begütigte ihn alsbald ein ansehnliches Trinkgeld, das der Doktor ihm in die Hand drückte. Das Fräulein ihrerseits schien vergessen zu haben, daß sie ihn bereits belohnt hatte. Oder machte eine besonders gehobene Stimmung sie zur Freigebigkeit geneigt? Der Alte betrachtete mit weitaufgerissenen Augen bald den Zehnguldenschein, bald die junge Verschwenderin und raunte dem Kutscher zu: Eine Engländerin! – Dann half er ihr ehrerbietig in den Wagen, während Zephyrine mit aller Anmut, die sie erschwingen konnte, sich leicht auf den Arm des Fremden stützte.

Fahren Sie nicht mit uns, Herr Doktor? sagte das Fräulein , da sie wieder allein im Fond saß. Sie sehen es ist noch Platz. Wir wollen den Rückweg über den Monte Berico machen. Die Berge müssen in der Abendbeleuchtung besonders schön sein.

Er entschuldigte sich, er habe noch Briefe von der Post zu holen und selbst zu schreiben. Er war still und zurückhaltend geworden, seit sie nicht mehr mit einander allein waren. – Wie Sie wollen! erwiderte das Fräulein mit gleichmütigem Ton. Hoffentlich also auf Wiedersehen!

Sie nickte ihm freundlich zu, Zephyrine bewegte huldvoll grüßend ihren Sonnenschirm, und der Wagen rollte davon.

Indessen saß in einem hohen luftigen Zimmer des Albergo di Roma eine kleine Dame auf dem Sopha, hatte auf dem Tische Karten ausgebreitet und legte unermüdlich Patience. So oft sie mit einem Spiel fertig war, stand sie auf, trat ans Fenster oder durch die Balkonthür, horchte in den Hof und auf die Straße hinaus und klingelte endlich, um zum zwölften mal ihre Kammerjungfer zu fragen ob Baroneß Victoire noch nicht zurück sei. Wenn sie die immer gleiche Antwort erhalten hatte, ließ sie sich wieder auf das Polster nieder und mischte seufzend die Karten von neuem. Es war wie wenn von Zeit zu Zeit ein Windstoß in ein verglimmendes Kohlenhäufchen fährt und ein Flämmchen hervorlockt, das gleich wieder in die Asche zurücksinkt.

Das zarte kleine Gesicht erschien trotz der grauen Haare jugendlich, zumal durch die glänzenden schwarzen Augen, die einen hülflos staunenden und bittenden Ausdruck hatten, wie Augen eines Kindes, das gescholten wird und nicht recht weiß, warum. Wenn in ihrem Spiel irgend eine schwierige Wendung sich glücklich löste, erglänzte ein sanftes Lächeln auf dem noch immer schönen Munde, ein Zug von triumphierendem Stolz wie auf eine gelungene List. Gleich darauf wurden die Züge wieder müde und kummervoll. Nun fuhr ein Wagen in den Hof hinein, der das Haus von der Straße scheidet; sie horchte auf, ohne sich in ihrem Spiel stören zu lassen, und auch als die Thür aufging und die Tochter hastig eintrat, legte sie die Karten noch nicht aus der Hand.

Schilt mich nur aus, *maman!* rief das schöne Mädchen, indem sie ihren Hut auf einen Stuhl warf und dann neben der ruhigen kleinen Gestalt auf den Teppich niederglitt, sie lebhaft an sich ziehend. Wir haben uns abscheulich verspätet, wir wußten nicht, wie weit der

Weg und wie steil der Berg ist. Was hast du nur angefangen in der ganzen Zeit?

Es ist mir gut gegangen, Kind, sagte die alte Dame auf Ungarisch, da sie die Spache ihrer Heimat immer zu sprechen pflegte, wenn sie mit ihrer Tochter allein war. Alle meine Patiencen sind aufgegangen, auch die neue, die ich probiert habe. Wie spät ist es denn? Wo ist Zephyrine?

Diese trat eben ins Zimmer, da es ihren Begriffen von Anmut und Würde widersprach, die Treppen hinaufzustürmen wie ihr einstiger Zögling.

Madame la Baronne, sagte sie, ich bitte tausend Mal um Entschuldigung, Neßchen wird Ihnen erklären –

Die kleine Frau stand auf. Wir wollen Licht bringen lassen, sage sie, ich merke jetzt erst, wie dunkel es schon geworden ist –

Sie sah sich ängstlich im Zimmer um. Zephyrine beeilte sich, die Kerzen anzuzünden, die auf dem Sims des großen alten Kamins standen. Das Fräulein war indessen an die Balkonthüre getreten und sah zu den immergrünen Büschen hinab, die unten im Hofe wuchsen, und zu der Mondsichel über dem Palast drüben an der Straße.

Maman, sagte sie plötzlich, weißt du, daß wir noch einen Reisegefährten haben werden? Ich habe einen Hofmeister gefunden für Cäsar, einen jungen Gelehrten, der schon morgen mit uns fahren wird. Du weißt, *maman,* er muß endlich anfangen, ordentlichen Unterricht zu bekommen, Pater Daniel ist selbst der Meinung.

Einen Hofmeister? wiederholte die Mutter. So – so – so! Einen Hofmeister! – Nun, du mußt das wissen, Kind, du und Pater Daniel, ihr müßt das wissen.

Ist das Ihr Ernst, Neßchen, rief die alte Bonne. Aber wie in aller Welt – und seit wann? Ich kann doch nicht glauben –

Du kannst allerdings glauben, Zephyrine, daß ich die Augen offen behalten habe, während dir die deinigen ein wenig zufielen. Ein sehr ernster und zuverlässiger junger Mann, liebe *maman*, ein Deutscher natürlich, ein *Dr.* Philipp Schwarz.

Nun das gesteh' ich! rief Zephyrine im höchsten Erstaunen. Und davon haben Sie mir während der ganzen Fahrt – und alles ist schon fix und fertig abgemacht, und Sie haben seine Zeugnisse geprüft und Erkundigungen uber seine Befähigung und Moralität eingezogen – Gewiß, teurer Zephyr, das alles habe ich hinreichend gethan und übernehme die volle Verantwortung. Er hat sich freilich noch bis morgen Bedenkzeit ausgebeten. Aber daß er kommen wird, darüber habe ich nicht den geringsten Zweifel.

Natürlich! warf die etwas gekränkte Vertraute hin. Wie könnte er widerstehen? Er ist natürlich bis über die Ohren in unser Neßchen verliebt – ein soches *tête-à-tête* unter lauter Heidengöttern –

Meine liebe Zephyrine, sagte das schöne Fräulein mit sehr bestimmtem Ton, du bist zwar meine Jugendfreundin und darfst dir allerlei indiskrete Reden erlauben. Ich möchte dich aber doch bitten, in diesem Fall deine Gedanken für dich zu behalten. Wenn unser neuer Bekannter nur das Geringste von solchen Anzüglichkeiten zu hören bekäme, wäre er im stande, sich ohne weiteres zu empfehlen. Denn obwohl er kein reicher Mann ist – oder vielleicht gerade deshalb – er ist sehr reizbar im Punkt der Ehre. Auch bitte ich dich, *maman*, nicht zu vergessen, daß er sich vorläufig in nichts verpflichtet hat, als uns nach Hainstetten zu begleiten und dort eine Zeit lang unser Gast zu sein. Er will die Erziehung Cäsar's nicht eher übernehmen, bis er ihn kennen gelernt hat, das Wort »Hofmeister« darf also in seiner Gegenwart nicht genannt werden. Willst du mir das versprechen, meine geliebte kleine *maman*?

Alles, was du willst, Kind, alles, wie du es für gut findest. Ich – seit ich allein geblieben bin – seit ich dies entsetzliche Unglück erlebt habe, dein Vater –

Sie fing plötzlich leise an zu weinen. Die Tochter nahm sie in die Arme, küßte sie beschwichtigend, gab ihr allerlei Schmeichelnamen und brachte sie endlich so weit, daß ihre Thränen zu fließen aufhörten und sie fragte, ob der Thee nicht serviert werden könne. Dann ließ sie sich zu dem Tische führen, auf dem Zephyrine inzwischen mit Hülfe der Kammerjungfer und des Gasthofkellners die abendliche Kollation hergerichtet hatte. Victoire war sehr aufgeräumt und erzählte der Mutter von allem, was sie diesen Nachmittag in der Stadt und Umgegend gesehen, in dem Tone wie man einem horchenden Kinde Märchenschlösser und Zaubergärten beschreibt. Es war dem sanften alten Gesicht nicht anzusehen, ob alles verstanden wurde. Zephyrine saß schweigend dabei.

Eine Stunde später, nachdem die Mutter zu Bette gebracht und so geschwind, wie wenn sie das schwerste Tagewerk hinter sich hätte, eingeschlafen war, trat die Tochter leise durch die Balkonthür auf die Gallerie hinaus, die oben auf den drei Seiten der Hofmauer herumläuft, und ging bis an die Straße vor, in die man über eine niedere Brustwehr hinabblickt. Dort im Winkel setzte sie sich auf den hölzernen Kübel eines großen Granatbaums und ließ die Nachtschwärmer drunten an sich vorüberwandeln, die hier im Korso die Kühle genossen, rauchend und plaudernd. Es war ihr wunderlich hell und froh zu Mut, wie sie es schon seit Jahren nicht mehr erlebt hatte. Die weiche fremde Luft um sie her, die weichen fremden Laute, die dunkle Einsamkeit oben in ihrem Versteck, von dem aus sie in ein Leben blickte, das sie nichts anging, das ihr keine Sorgen und Pflichten auferlegte, all das gab ihr ein Gefühl von Befreiung und Losgebundenheit, dessen sie sich mit starkem, frohem Herzklopfen bewußt wurde. Und im Hintergrunde ihrer Gedanken stand die Erinnerung an jene Stunde in der Rotonda und jedes Wort, das da gesprochen worden war, und erhöhte die triumphierende Stimmung, den Stolz auf ihren Willen und ihre Kraft, das abenteuerliche Leben zu beherrschen und sich ein Glück zu erkämpfen, wie sie es bedurfte. Sie hörte drunten ein paar junge Stimmen ein damals beliebtes Volkslied singen und sang die Melodie mit. Wenn ein Lachen zu ihr heraufscholl, ertappte sie sich darauf, daß sie mitlachen mußte. Plötzlich aber wurde sie still und ernst. Drüben auf der anderen Seite der Straße sah sie eine Gestalt daherkommen, die sie trotz des zweifelhaften Laternenscheines sofort erkannte. Der junge Fremde ging da mit gesenktem Haupt durch die muntere Menge hin, den Hut in die Stirn gedrückt. Gegenüber dem Hofthor de Hotels blieb er stehen; er sah hinauf, ja sie glaubte zu fühlen, daß seine Blicke den Granatbaum umschweiften, unter dem sie in ihrer dunklen Hülle regungslos zurückgelehnt saß. Den Atem hielt sie an und schloß unwillkürlich die Augen. Als sie wieder hinübersah, war der Späher verschwunden. Da blieb sie noch eine Weile sitzen, bis sie es wagte, über die offene Gallerie ins Zimmer zurückzuhuschen.

Sie war am anderen Morgen kaum aufgestanden, als die Kammerjungfer ein Billet brachte, das der Hausknecht eines anderen Gasthofs für sie abgegeben. Es enthielt nur die Anfrage, ob es ihr noch Ernst sei mit dem Anerbieten, das sie ihm gestern gemacht. Er werde es ihr durchaus nicht verdenken, wenn ihr inzwischen Zweifel gekommen sein sollten, ob er auch die Eigenschaften habe, die sie von dem Erzieher ihres Bruders verlangen müsse. Wer mit eigener Bildung noch so viel zu thun habe, sei schwerlich geeignet, andere zu leiten. Wolle sie es aber auf einen Versuch ankommen lassen, so werde er in einer Stunde sich erlauben, nachzufragen, ob es bei der Abreise bleibe, und sie bitten, ihn ihrer Mutter vorzustellen.

Sie warf nur die Worte auf eine Karte:»Ich pflege meine Entschlüsse nicht über Nacht zu ändern. Sie werden willkommen sein.

Victoire.«

Eine halbe Stunde später kam er selbst, in dem grauen Reiseanzuge und dunklen Filzhut von gestern, ein Koffer von bescheidenem Umfang wurde ihm nachgetragen. Er trat dem Freifräulein scheinbar ganz unbefangen entgegen und verneigte sich ehrerbietig vor der Mutter, die ihn erstaunt betrachtete und erst, als die Tochter ihr etwas ins Ohr geflüstert hatte, ihm vertraulich wie einem alten Bekannten zunickte. Zephyrine machte ihm ein ceremoniöses schulgerechtes Kompliment und sah dann standhaft an ihm vorbei, während das schöne»Neßchen« ihm freundlich die Hand bot und ihm dankte, daß er Wort gehalten. Dann führte sie die Mutter, die sich immer ängstlich im Zimmer umsah und nach hundert Kleinigkeiten fragte, ob sie auch nicht vergessen seien, langsam und vorsichtig die Treppe hinab an den Wagen, der unten ihrer harrte, und hob sie hinein. Es war einer jener altertümlichen Reisewagen, denen das heutige Geschlecht nur noch auf alten Bildern begegnet, breit und tief genug, daß sechs Personen sich darin unterbringen konnten, hinten angehängt über dem tiefen Schacht für das Gepäck ein zweisitziger Aufbau für die Dienerschaft mit eigenem Dächlein und selbst so groß wie eine heutige Kalesche. Vier Postpferde zogen das gewaltige Gebäude, die jetzt schon eine Weile ungeduldig das Pflaster des Hofes gestampft hatten. Als die drei drinnen Platz genommen, blieb auf dem Rücksitz neben Zephyrine noch Raum genug für einen schmächtigen deutschen Gelehrten.

Victoire unterdrückte ein Lächeln, als sie die feierliche Miene sah, mit der ihre »Jugendfreundin« die Mantille zusammenzog und sich möglichst in die Ecke schmiegte, um mit dem neuen Reisegefährten jede Berührung zu vermeiden. Sie sehen, Herr Doktor, sagte sie, Sie machen uns nicht die geringste Ungequemlichkeit. Versuchen Sie es also mit uns drei schutzlosen Damen. Auch brauchen sie nicht zu fürchten, daß unsere Konversation Sie ermüden werde. Wir haben es uns zum Gesetz gemacht, während der Fahrt uns im Schweigen zu üben, und jede hängt ihren eigenen Gedanken nach. Sollte es Ihnen trotzdem auf die Länge unheimlich unter uns werden, so nehmen wir's nicht übel, wenn Sie unter dem Vorwand, die Gegend besser zu genießen, sich zum Postillon auf den Bock flüchten, oder zu unsrer Fanny auf den Rücksitz, der Sie damit eine große Ehre anthun werden.

Er stieg lächelnd ein und beteuerte, er werde sich in allen Stücken der Hausordnung fügen, die in dieser Wagenburg eingeführt sei. Ihm gegenüber saß die Mutter, ganz eingehüllt, gleich ihrer Tochter, in ein weites schwarzseidenes Reisemäntelchen, dessen Kapuze ihr blasses Gesicht zierlich umschloß. Sie hatte ihre schönen schwarzen Augen während der Fahrt beständig ins Weite gerichtet und nahm von dem neuen Bekannten nicht die mindeste Notiz. Auch Victoire gönnte ihm nur selten ein Wort, wenn sie in dem Reisebüchlein, das sie fleißig studierte, den Namen eines Ortes oder Berges fand, an denen sie gerade vorbeikamen. Die Sonne schien gedämpft durch Sciroccogewölk, das wie ein leichter grauer Flor über dem schönen Lande hing. So war es, da die Pferde wacker ausgriffen, ein vergnügliches Reisen unter dem hohen schattigen Dach, und selbst Zephyrine fühlte sich auf die Länge unfähig, die Schranke zwischen sich und ihrem Nachbarn aufrecht zu erhalten. Zumal als er bei einer kleinen Meinungsverschiedenheit zwischen ihr und dem Freifräulein ihre Partei ergriffen und ihr zum Siege verholfen hatte, fand sie ihn plötzlich so liebenswürdig, daß sie ihm ihr Fläschchen mit kölnischem Wasser anbot, sein Tuch damit zu betupfen, was die einzig wirksame Erfrischung in der Hitze sei.

Nun erfuhr er auch, daß die Damen die Reise unternommen hatten, um in Mailand die Schwester der Baronin zu besuchen. Sie sei an einen Grafen verheiratet, der, obwohl von italienischer Abstammung, doch im österreichischen Heer diente. *Maman* habe sich sehr gesehnt, ihre Schwester wiederzusehen, es aber nicht länger als acht Tage dort ausgehalten. Dir ist doch nur wohl in Hainstetten, kleine *maman!* sagte die Tochter mit einem Blick auf Philipp. Nun wirst du ja bald wieder auf deiner geliebten Altane sitzen und Cäsar im Garten herumtollen sehen.

Es war lieblich zu beobachten, wie die Tochter unermüdlich sich um die Mutter bemühte, sie beständig zu erheitern und es ihr bequem zu machen suchte. Es war, als könne sie sich noch immer nicht entschließen, den Gedanken zu ertragen, daß der Geist in dieser teuren Gestalt nur noch ein Traumleben führe und nie wieder zu voller Klarheit aufwachen werde. Dies kindliche Gefühl, die Trauer und Sorge um einen Verlust, den sie schon mittem im Besitz erleiden sollte, schien ihr Gemüt so völlig auszufüllen, daß kein Raum darin blieb für ein wärmeres Interesse an anderen Menschen. Manchmal, wenn sie während der langen Fahrt die Augen schloß, die durch Staub und Sonne beschwert wurden, vertiefte sich Philipp in das Rätsel dieses jungen Gesichts, das keinen Zug von der Mutter hatte und seltsamerweise, wenn es so schimmernd sich zurücklehnte, plötzlich eine fast erschreckende Ähnlichkeit mit diesem erloschenen Frauenbilde bekam. Und doch fesselte sie ihn gerade dann um so unwiderstehlicher. Wen er ihren wachen Augen begegnete, die so gleichmütig über alle Menschen hinblicken konnten, fühlte er sich zum Widerstande gegen ihre Macht aufgefordert. Im Schlaf verriet ihr Gesicht, daß sie nicht glücklich sei, daß sie ein hülfloses und vielbedürftiges Herz, wie andere ihres Geschlechts, im Busen trug und nur zu stolz war, es irgend wem zu verraten.

Zuweilen, wenn er Wälder und Berge betrachtete, oder in dem kleinen Homer las, den er auf der Reise immer bei sich führte, fühlte er auch ihre Augen lange und fest auf sein Gesicht geheftet. Blickte er dann plötzlich nach ihr hin, so verleugnete sie es keineswegs, daß sie ihn betrachtet hatte. Doch ertrug sie seinen Gegenblick so ruhig, daß sie jeden Gedanken fern hielt, als sei er ihr mehr, als einer der vielen Gegestände rings umher, die kennen zu lernen vielleicht die Mühe wert wäre. Ein paar Mal hatte er versucht, das Gespräch fortzuspinnen, das sie in der Rotonda geführt. Es glückte aber nie. Auch vermied sie es, wenn sie abends an ihrem Rastort angelang waren, ihm noch irgenwo allein zu begegnen, und doch empfand er deutlich, daß seine Absicht, ihn durch dies Vermissenlassen desto mehr zu reizen, ihrer Zurückhaltung zu Grunde lag. Sie bedurfte ihn nicht; sie ließ ihn sich eben gefallen, wie sie sich so manches gefallen ließ, was gerade da war und ihr nützen konnte. Das empfand er, und ein dumpfer Unmut ergriff ihn, je länger es dauerte. Denn immer deutlicher ward es ihm, daß er sie bedurfte, daß er ihre Nähe nicht mehr entbehren konnte, auch wenn er sie mit heimlichen Schmerzen erkaufen mußte.

Und so war er am Ende froh, als sie sich dem Ziele näherten. Zehn Tage hatte die Fahrt gedauert, die man heute bequem in zweien zurücklegen kann. Er hatte es oft versucht, seine Bande zu sprengen, die ihm so unter acht Augen in dem rings umschlossenen Wagen das Herz allzu heftig einschnürten. Aber selbst auf dem freien, luftigen Sitz neben dem Postillon wollte der Druck von seiner Seele nicht weichen. Er verwünschte die Stunde, wo er sich freiwillig in diese Gefangenschaft gestürzt hatte. Das Wenige, was er bisher in jungen Liebschaften, die bald wieder vergessen waren, von seinem Herzen erlebt hatte, war gerade genug gewesen, um ihn zu warnen, da er jedesmal mehr Herzblut verschwendet hatte, als die Sache wert gewesen war. Und jetzt, eine so rasch anwachsende Leidenschaft für diese kühle, stolze, hochgeborene und hoch über ihn hinwegsehende junge Schönheit, der er gerade gut genug war, um im Unterricht eines Knaben den alten Pfarrer abzulösen, – und das verschleierte Bild seiner Zukunft, das auf ihn wartete, – Italien, dem er schon an der Schwelle wieder den Rücken gewendet hatte, – er sagte sich's ins Gesicht, daß es für einen sechsundzwanzigjährigen Philosophen doch eine allzu starke Thorheit sei, daß es an Wahnsinn grenze, wie er sich aufführe, – und dann brauchte aus dem Wagen nur ein gleichgültig hingeworfenes Wort von jenen verhängnisvollen Lippen zu ihm heraufzutönen, und alle Kraft des Trotzes und aller Freiheitsdrang in seiner Seele war plötzlich wie von weichen Händen niedergehalten, und er konnte den Augenblick nicht erwarten, bis er vom Bock hinunterspringen und das junge Gesicht in der Kapuze wieder darauf ansehen durfte, ob es ihm noch nichts Traulicheres zu sagen hätte.

Die letzte Nacht hatten sie in Graz zugebracht. Sie waren früh genug angekommen, daß Victoire ihre Mutter ruhig im Hotel bei ihrem Patience-Karten zurücklassen und mit Philipp und Zephyrine, die jetzt eine fast schwärmerische Neigung für den Dokotor zur Schau trug, eine Fahrt durch die herrlich gelegene Stadt machen konnte. Sie selbst war ungewöhnlich vergnügt. Zephyrine neckte sie: das Glück, morgen schon ihren alten Anbeter, den Pfarrer, wiederzusehen, strahlte ihr aus den Augen. Als sie aber am anderen Tage nach einer zweistündigen Fahrt sich dem Thale näherten, in welchem Schloß Hainstetten lag, überschattete eine tiefe Schwermut, die sie zum ersten Male nicht bemeistern konnte, ihre sonst so gelassene Stirn. Philipp konnte sich nicht der Frage enthalten, ob die Heimkehr ihr schmerzliche Erinnerungen wecke. – Nein, erwiderte sie, nur die Angst davor, dies freudlose Leben wieder genau da aufzunehmen, wo ich es vor vier Wochen fallen ließ. Oder glauben Sie wirklich, daß ein lebendiger Mensch seinen Hunger nach Glück stillen kann bloß mit erfüllten Pflichten? Es ist, wie wenn ein Verschmachtender Baumrinde nagt. Er füllt die Leere in sich, aber es dringt nichts ins Blut. Doch wozu davon reden?

Er hatte ein Wort auf der Zunge, aber die Gegenwart der andern ließ ihn verstummen. Überdies sah er, daß sie sich geflissentlich zur Mutter wandte, an ihrer Kapuze ordnete, die sich verschoben hatte, und ihr, nun wieder mit ihrem heitersten Gesicht, mitteilte, sie würden gleich zu Hause sein. Siehst du Cäsar schon? fragte die kleine Frau, und über ihr welkes Gesichtchen flog eine leichte Röte. – Nein, *maman*. Ich habe uns nicht angekündigt, wie du weißt. Ich wollte sie alle überraschen, um einmal zu sehen, wie sie sich betragen, wenn sie sich selbst überlassen sind.

Darauf rief sie dem Postillon, daß er halten solle. Sie müssen durchaus auf den Bock steigen, Herr Doktor, sagte sie lächelnd. Wir sind eitel auf unser altes Nest, und es nimmt sich am schönsten bei der Anfahrt von diese Seite aus.

Er gehorchte ihr sogleich, und nun fuhren sie in gestrecktem Trabe auf der glatten Straße hin, dem Schloß entgegen, das auf einer mäßigen Erhöhung über der Thalsohle zwischen dichten Laubwipfeln sich stattlich genug erhob. Die oberen Fenster glänzten in der Mittagssonne, hinter den grauen, schiefergedeckten Zinnen und Vorsprüngen des Daches dunkelten unabsehliche Waldungen, die bis zur halben Höhe der nahen Berge hinanstiegen, so daß die kahlen Felsgipfel wie ein graues Inselriff aus einem dunkelgrünen Meer emporragten. Am äußersten Ende des langgestreckten Thalgrundes sah man eine zerstreute dörfliche Ansiedelung, in deren Mitte das rote Ziegeldach eines niedrigen Kirchleins hervorschimmerte.

Nicht lange mehr , so bogen sie in den Schatten einer uralten Ahornallee ein, die bis dicht an das Schloß heran gepflanzt war. Die Luft war kühl und rein, auf den hellen Wiesen zur Seite summten zahllose Bienenschwärme, und Nester bauende Vögel schwirrten durch die Zweige. Auf einmal hörten sie Hundegebell. Das ist Hektor! sagte Zephyrine. Der bewillkommt uns zuerst. – Philipp sah eine große, gelbe dänische Dogge schon von weitem wie toll heranjagen; als sie den Wagen erreicht hatte, versuchte sie mit betäubendem Freudengeheul hineinzuspringen, daß das Fräulein halten lassen mußte, damit der Hund nicht von den Rädern zermalmt wurde. Sofort war er mit einem gewaltigen Satz im Innern, Zephyrine schrie auf, die Mutter rückte nur ein wenig beiseit, dann saß der Hund von Victoire geliebkost ganz ehrbar auf dem Platz, den Philipp freigelassen hatte, bis er endlich nahe beim Schloß wieder hinaussprang.

Sie waren an der Rückseite vorgefahren, wo einige Stufen zu einer Altane hinaufführten, die an der ganzen Breite des Gebäudes hinlief. An der steinernen Brustwehr standen in großen Kübeln hohe, rundbeschnittene Orangenbäumchen, dazwischen Oleander und kleine Cypressen. Dahinter lag ein hoher Gartensaal, dessen Thür und Fenster offen standen, so daß die rotseidenen Gardinen leicht vom Windzuge bewegt wie lose Segel und Wimpel den Ankommenden entgegenwehten. Von hier aus sah man in den nach französischer Art angelegten Garten hinab, der jetzt mit seinen Fontänen, Taxushecken und steinernen Vasen und Amoretten lautlos in der Frühlingssonne lag. Auch sonst schien alles im Hause wie in Dornröschens Schloß zu schlafen. Bald aber wurde es lebendig. Aus den niedrigen Seitengebäuden, die hinter den Heckenwänden versteckt lagen, stürzten einzelne von der Dienerschaft hervor, die alte Beschließerin, die ihre Haube nicht gleich hatte finden können, kam mit hochrotem Gesicht die Stufen herab, der Verwalter, der Gärtner, sogar der Koch mit seiner weißen Mütze erschienen auf der Altane, wo die alte Frau sofort sich in einen niedrigen Lehnstuhl gesetzt hatte und einmal übers andere erklärte, sie gehe hier nicht wieder weg. Selbst an ihren kleinen Sohn schien sie nicht mehr zu denken über dem Wohlgefühl, endlich wieder einmal auf dem gewohnten Platz in der lang entbehrten Ruhe zu sein.

Das Fräulein hatte sogleich nach dem Junker geschickt, der zu dieser Zeit im Pfarrhause zu sein pflegte, um seine Lektion auf dem Klavier zu üben. Nach wenigen Minuten sah man den Knaben heranstürmen, barhaupt, die blonde Haare umflatterten ein rotwangiges Gesicht, aus dem die braunen Augen der Schwester hervorleuchteten. Er warf sich ungestüm der Mutter an den Hals, sprang dann zu der Schwester hin, die er in einem übermütigen Wirbeltanz herumschwang, und nahm endlich das ehrwürdige Haupt Zephyrinens so respektlos zwischen seine Hände, während er sie auf beide Wangen küßte, daß die eifrig scheltende Dame sich nur mit Mühe seiner erwehren konnte. Dann erst erblickte er den Femden, und seine helle Stirn verfinsterte sich. Er sah jetzt der Schwester auffallend ähnlich, die ihn lächelnd bei der Hand nahm und ihn Philipp vorstellte. Wir sind nicht immer so ausgelassen, sagte sie, und wenn wir nur wollen, haben wir auch einen ganz anschlägigen Kopf und Talent zu allerlei Künsten und Wissenschaften. Wie weit bist du mit der Haydn'schen Sonate? Aber das kann ich ja gleich den Herrn Pfarrer selbst fragen.

Dieser kam soeben auf demselben Weg, den der Knabe im Sturmlauf zurückgelegt, mit wankenden Knieen herangeschritten, ein kleiner hagerer Greis mit einem milden Apostelgesicht, das jetzt beim Anblick der Schloßherrinnen sich förmlich verklärte. Das Fräulein flüsterte Philipp zu, daß dieser ehrwürdige Diener Gottes der beste Freund des Hauses sei. Mein Vater lernte ihn irgendwo auf einer Reise kennen und sorgte für seine Einsetzung als Pfarrer in unsere Kirche. Früher war hier eine Schloßkapelle, und der Kaplan wohnte in einem benachbarten Häuschen. Das haben wir beibehalten, auch nachdem wir den Dorfleuten weiter unten im Thal ihre Kirche gebaut haben. Und so hat Cäsar seinen ersten Lehrmeister in der Nähe gehabt. Aber der gute Alte hat seine achtzig Jahre überschritten, Sie sehen, wie mühsam er sich forthilft.

Mit diesen Worten eilte sie die Stufen hinunter, begrüßte den Pfarrer und führte ihn sorgsam die Altane wieder hinauf zur Mutter, der er ehrerbietig die Hand küßte. Victoire hatte sich indes zu dem Verwalter gewendet, auch an jeden der Übrigen richtete sie ein kurzes freundliches Wort. Philipp sah, daß aller Augen mit einem Ausdruck von Vertrauen und tiefer Unterordnung an den Lippen dieses jungen Wesens hingen; wie wenn eine Fürstin nach einer Zwischenregierung in ihr Land zurückkehrt und die Zügel der Herrschaft wieder in ihre sanften und festen Hände nimmt.

Die alte Beschließerin, der sie ein Wort gesagt, näherte sich ihm jetzt und fragte, ob es ihm gefällig sei, in sein Zimmer hinaufzusteigen. Es ist nur ein vorläufiges Unterkommen, rief das Fräulein ihm zu. Wenn Ihnen die Lage nicht zusagt, mögen sie selber wählen, wo Sie am liebsten wohnen möchten. Sie sehen, es fehlt in dem alten Hause nicht an Raum.

Er folgte wie im Traum seiner Führerin durch den Gartensaal in das gewaltige Treppenhaus, das sich nach der Vorderseite des Schlosses öffnete. Durch hohe, schmale Fenster strömte hier ein Übermaß von Licht herein, daß er fast geblendet wurde und mit halbgeschlossenen Augen die breiten Stufen hinaufschritt bis zum zweiten Geschoß. Da stand er einen Augenblick auf das Geländer gestützt und sah in die Tiefe hinunter. Der alte Bau war, wie er deutlich erkannte, in der Zeit der Weltherrschaft Ludwigs des Vierzehnten und des Versailler Geschmackes ausgeführt worden, mit verschwenderischer Pracht, die kaum hie und da ein wenig verblichen war. Selbst die Vergoldung der Stuckornamente zeigte nur einen leichten Überzug von Staub. Ein seltsames Gefühl von Bangigkeit und Trauer überfiel ihn. Dies alles war sie von Jugend auf zu sehen gewohnt, und so weit man aus den Fenstern dieses Zauberschlosses blicken konnte, war alles dem Wink ihrer Augen unterthan. In demselben Moment stand ihm die enge Treppe vor der Seele, die zu der Wohnung seiner Eltern hinaufgeführt hatte. Und nun war er hier einer der Untergebenen dieser stolzen Herrin und doch unfähig es zu ertragen, daß irgend ein Weib auf ihn herabsah. Wenn er sich seiner Feigheit nicht geschämt hätte, am liebsten hätte er seine Führerin stehen lassen, um die Treppen im Fluge wieder hinab zu eilen und durch die vordere Thür dieses glänzenden Gefängnisses in die Freiheit zurückzuflüchten.

Schon aber hatte die brave Person, die zu gut geschult war, um einem Gast des Hauses, selbst wenn er keinen ebenbürtigen Eindruck machte, nicht mit allem Respekt zu begegnen, schon hatte sie eines der vielen Zimmer geöffnet, die auf den hellen, teppichbelegten Korridor hinausgingen, und indem sie um Entschuldigung bat, daß nicht alles im besten Stande sei, da man die Herrschaften noch nicht zurückerwartet habe, öffnete sie die herabgelassenen Jalousien und ließ die frische Bergluft herein. Der Herr Doktor habe hier die Morgensonne, auch sei das Zimmer zwar hoch gelegen, aber desto stiller, da zur Zeit in dem ganzen oberen Stockwerk niemand wohne, als der Herr Verwalter auf dem entgegengesetzten Flügel.

Philipp war ans Fenster getreten, und sein überraschter Blick umschlang das wundervolle Bild, das sich vor ihm ausbreitete, den Garten zu seinen Füßen, dahinter die uralten Wipfel des Parks und die Felsen, die seinen Horizont begrenzten. Unten von der Altane herauf erklang die Stimme Victoire's, die dem alten, etwas tauben Geistlichen von Mailand erzählte, das Lachen des Knaben über ein paar drollige Abenteuer, die Zephyrine zum besten gab, und wie er draußen überm Wald einen großen Raubvogel schweben sah, der sich höher und höher in den stahlgrauen, von Glanz zitternden Äther erhob, war es ihm plötzlich, als wüchsen auch ihm unsichtbare Schwingen und trügen ihn hoch über alle irdischen Sorgen hinweg, in Höhen des Lebens, von denen er bisher sich kaum hätte träumen lassen.

So blieb er denn, und nachdem er die erste Nacht unter diesem Dache geschlafen, schien es ihm selbst und allen im Hause so natürlich und notwendig, daß kein Wort weiter darüber gesprochen wurde. Er hatte, nachdem das erste Staunen überwunden war, eine leichte, freie, unbekümmerte Art, sich in diesem ungewohnten Glanz zu bewegen, als hätte er Zeit seines Lebens von Silber gespeist und edle Weine aus geschliffenen Kelchgläsern getrunken. Denn im Grunde war er viel zu sehr mit seinen inneren Schicksalen beschäftigt, um auf Äußerlichkeiten viel zu achten, so lange sie in seine große Lebensfrage nicht eingriffen.

Er hatte Victoire gebeten, ihrem kleinen Bruder nicht zu verraten, was der neue Hausgenosse für ihn zu bedeuten habe. Der Knabe maß den Unbekannten anfangs mit scheuen, fast trotzigen Blicken. Er war gewöhnt, daß man sich schmeichelnd mit ihm beschäftigte, ihn halb wie ein Kind verzog, halb als den künftigen Schloßherrn respektierte. Es machte ihn stutzig, daß der Doktor sich gar nicht um ihn bekümmerte, nur manchmal, wenn er zu anderen sprach, auch auf ihn den Blick richtete. Auch daß er ihn sogleich mit Du anredete, war ihm höchst ärgerlich. Doch als am Abend, da sie um den Theetisch herumsaßen, Victoire das Gespräch auf die politischen Umwälzungen der letzten Zeit brachte und Philipp in der schlichtesten Weise seine Erlebnisse schilderte, hing das Auge des Knaben in leidenschaftlicher Spannung an dem seinen. Am andern Morgen in aller Frühe klopfte er behutsam an die Thüre des Gastes. Mit hochgerötetem Gesicht trat er ein, sah sich verlegen und zutraulich im Zimmer um und sagte, seine Schwester habe ihn geschickt, sich zu erkundigen, wie der Doktor geschlafen habe. Er verschwieg, daß er selbst sie um die Erlaubnis gebeten hatte, zu ihm hinaufzugehen. Dann nahm er den kleinen griechischischen Homer in de Hand, der auf dem Tische lag, und wie er die fremden Schriftzeichen sah, fragte er, was das für eine Sprache sei und was in dem Buche stehe. Philipp sagte es ihm und fing an, ihm den trojanischen Krieg zu erzählen, womit er natürlich an diesem Tage nicht zu Ende kam, auch nicht auf dem Spaziergang, den sie nachmittags mit einander machten. Von da an aber war ihm der Knabe mit Leib und Seele ergeben. Auch an der Lateinstunde beim Pater Daniel, die ruhig fortgesetzt wurde, fand er jetzt mehr Gefallen, seit sein neuer Freund ihm die trockenen grammatischen Formeln auf mancherlei Weise vertraut zu machen suchte, ihn das tote Werkzeug in lebendiger Anwendung üben und schätzen lehrte. Alle im Hause bemerkten den Einfluß, den er auf das unbändige Herrlein gewonnen, aber niemand wunderte sich darüber, da von der ersten Stunde an sein Wesen auf alle einen überlegenen Eindruck gemacht hatte. Nur einmal, als der Knabe in einer wilden Laune sich durch ein einziges ruhiges Wort seines Meisters hatte zähmen lassen, sagte das Fräulein mit einem stillen Lächeln zu ihm: Sie haben sich verleumdet, als Sie sich das pädagogische Talent absprachen. Wissen sie wohl, daß Sie mir auch in der Erziehung meiner guten Zephyrine beistehen? Sie langweilt sich gar nicht mehr so sehr bei einem ernsthaften Gespräch, wie es früher ihre Art war. Unsern Wildfang haben Sie nun vollends umgewandelt. Sie müssen mir einmal verraten, mit welchen Zaubermitteln Sie das so rasch zu stande bringen konnten. Er hatte es schon auf den Lippen, ihr zu erwidern, daß sie dessen nicht bedürfe, da er sie selbst einen weit größeren Zauber Tag für Tag auf so viele Menschen ausüben sehe. Doch hielt er sich zurück, da er sich's zum Gesetz gemacht, ihr gegenüber nie in den Ton eines galanten Kavaliers zu verfallen.

Der Junge hat mein Herz gewonnen, sagte er. Sie wissen, gnädiges Fräulein: nicht nur die großen Gedanken kommen aus dem Herzen, sondern auch die guten, und was uns Herzenssache ist, wird uns leicht.

Und Ihre eigenen Angelegenheiten? Ihre Pflicht, sich selbst zu entdecken? – Er sah still vor sich hin. Ich muß gestehen, daß ich mir selbst immer weniger interessant werde, je mehr ich mich für das Wachsen und Heranblühen dieses jungen Pflänzchens interessiere. Am Ende war es Ihnen vorbehalten, dahinter zu kommen, wozu ich eigentlich bestimmt bin. Sie erwiderte nichts auf dieses doppelsinnige Wort, und auch das bewunderte er an ihr, Nie war ihm ein weibliches Geschöpf begegnet, das sich so sicher in der Gewalt hatte, ohne den Reiz ursprünglicher Anmut und naiver Harmlosigkeit darüber einzubüßen. Er sah mit täglich wachsendem Erstaunen, welch eine Last von Sorgen und Pflichten auf diesen schlanken Schultern lag, und wie spielend sie dieselbe zu tragen schienen. Denn auch der Verwalter des ausgedehnten Besitzes war gewöhnt, keine größere, durchgreifende Maßregel zu treffen, ohne das gnädige Fräulein vorher davon verständigt zu haben. Die ungeheuren Waldungen, die mehrere Schneidemühlen beschäftigten, die weit ausgebreiteten Viehweiden mit einer großen Alpenwirtschaft, die Patronatspflichten gegenüber dem Dorf – all das schien nur zu gedeihen, wenn das klare Auge der jungen Herrin darauf ruhte. An manchem Morgen, wenn Philipp sie beim Frühstück vermißt hatte, sah er sie auf ihrem derben kleinen Traber in Begleitung des Verwalters von einem weiten Umritt zurückkehren, den sie vor Tau und Tage unternommen hatte, um an entfernten Punkten ihrer Besitzung nach dem Rechten zu sehen. Sie trug dann einen einfachen Anzug, den sie sich selbst ausgedacht hatte, da die koketten Reitkostüme der Damen ihr mißfielen. Nie aber schien sie ihm reizender, als wenn sie mit dem blassen Gesicht, da jede Anstrengung sie bleich machte, auf dem dampfenden Tiere saß und es noch eine Weile durch die Allee hin und wieder gehen ließ, bis sie sich dann mit leichtem Anstand, auf den Arm ihres treuen Dieners gestützt, herabschwang.

Und doch waren dies die einzigen Momente, in denen er wieder an die gesellschaftliche Kluft, die ihn von ihr trennte, erinnert wurde. Er fühlte Scham darüber, daß er allerlei ritterliche Übungen vernachlässigt hatte. Unter dem Vorwande, Cäsar begleiten zu wollen, der schon fleißig einen feurigen Pony tummelte, bat er, daß er an den Reitstunden des Knaben teilnehmen dürfe. Victoire warf ihm einen Blick zu, der ihm ins Innerste drang; als ob sie ihm sein Geheimnis aus der Brust hätte stehlen wollen. Unseren Gästen stehen immer alle Pferde zur Verfügung, erwiderte sie gleichmütig. Cäsar wird froh sein, Sie auch zu Pferde neben sich zu haben.

Sie schien damit andeuten zu wollen, daß sie für sich selbst seine Begleitung auf ihren Ritten nicht wünsche. Er empfand einen Schmerz, wie die Berührung einer eiskalten Hand auf einer Wunde. Doch machte ihn ihre gleichmäßige Freundlichkeit wieder irre daran, ob sie eine Zurückweisung beabsichtigt hätte.

Und wäre es auch anders gewesen, – sein Zustand war schon so hoffnungslos, daß er nicht den Willen und die Kraft gefunden hätte, sich zurückzuziehen. Zumal ihr abendliches Beisammensein nährte seine leidenschaftliche Schwermut. Sie pflegte dann, wenn die Mutter zu ihrer Patience nicht mehr hell genug sah und doch beim Lampenlicht ihre Augen schonen mußte, sich an den Flügel im Gartensaal zu setzen und aus Gluck'schen Opern alles zu singen, was zu ihrer Stimme paßte. Armida und die taurische Iphigenie waren die Lieblinge der alten Frau, die sie in ihrer glücklichen Zeit unzählige Male gehört hatte. Victoire dagegen zog den Orpheus allen anderen Werken des Meisters vor. Wenn sie dann die rührenden Töne sang, mit denen der Einsame die Geister der Unterwelt beschwört, saß Philipp in einer Ecke des weiten Raumes ohne sich zu rühren, mit verhaltenem Atem, wie ein Mensch, über den nach tagelanger Schwüle ein Gewitter hereinbricht, das ihn zugleich erschüttert und erquickt. Manchmal war der Eindruck so stark, daß er, sobald der Gesang zu Ende war, auf sein Zimmer flüchten und sich in Thränen erleichtern mußte. Er kam dann für den Rest des Abends nicht wieder zum Vorschein.

So waren ein paar Sommermonate verflossen, und während es in seinem Innern von Tag zu Tage verstörter und ratloser aussah, ging um ihn her alles seinen gleichmäßigen Gang unter der stillen Herrschaft dieses klaren Willens und dieser unbestechlichen dunklen Augen. Die Besitzung lag so abgeschieden, und der Zustand der Mutter war so wenig zur Geselligkeit gemacht, daß es auch an Besuchern völlig fehlte. Nur eimal, in der Rosenzeit, deren Flor ein besonderer Stolz des Schloßgärtners war, kam eine befreundete Grazer Familie in großer Anzahl nach Hainstetten hinaus und quartierte sich auf eine Woche sehr zwanglos und tumultuarisch ein. Dieser Überfall schien allen, außer Victoire, Vergnügen zu machen. Doch sah Philipp, daß sie sich auch durch den Wirbelwind von Vergnügungen aller Art, der nun durch Haus und Garten tobte, nicht aus dem Gleichgewicht bringen ließ. Er selbst, nachdem er am ersten Mittag jene gütig herablassende Behandlung erfahren hatte, durch welche hochgeborene Herrschaften einen namenlosen Hofmeister zu ehren glauben, hielt sich während dieser ganzen Zeit auf seinem Zimmer. Wenn er bei den Mahlzeiten erschien, mußte er mit seiner gleichgültigen Miene und ironischen Höflichkeit dem hochmütigen Schwarm denn doch so unheimlich erscheinen, daß man es vorzog, keine weiteren Gnaden an ihn zu verschwenden. In der Einsamkeit, da ihn auch der Knabe den er liebte, jetzt tagelang vernachlässigte, verließ ihn nur allzu oft die mühsam errungene Kraft, und mit einer Art Wollust gab er sich seinen Schmerzen hin, während er von der Altane die übermütigen Stimmen der jungen Herren und Damen heraufklingen hörte, die wenigstens keine Ahnung davon hatten, wie unnahbar auch ihnen die junge Schloßherrin blieb.

Da geschah plötzlich eine Wandlung mit ihm, die so auffallend war, daß sie selbst den fremden Augen nicht entging. Am letzten Tage blieb er gegen seine Gewohnheit nach der Tafel unten im Garten und nahm mit so guter Laune und sicherer Gewandtheit an allen Spielen und Lustbarkeiten der jungen Herrschaften teil, daß man ihn verwundert betrachtete und sich flüsternd gestand, der Hofmeister sei gar kein übler Mensch, und hätte man das früher gewußt, wäre er ein sehr angenehmer Zuwachs ihres Kreises gewesen. Auch Victoire warf ihm zuweilen einen forschenden Blick zu, den er mit stillem Lächeln aushielt. Am Abend dann, als das gastliche Gewitter nun endlich abgezogen war und das ganze Haus in der alten Stille behaglich aufzuatmen schien, begegnete sie ihm, da sie von einem Wirtschaftsgang zurückkehrte, unten im Gartensaal, wo

Zephyrine eben die Leuchter am Flügel angezündet hatte, da die Mutter nach etwas Musik Verlangen trug. Während der ganzen Woche waren nur Tänze gespielt worden.

Er saß vor dem offenen Instrument und sah wie im Traum lächelnd auf die weißen Tasten nieder, als sähe er dort gewisse schlanke Mädchenfinger hin und her geisten. Schon seit einer Weile war sie auf dem weichen Teppich ihm gegenübergetreten, ehe er ihre Nähe bemerkte und mit einer Entschuldigung, daß er ihren Platz eingenommen, aufstand.

Gestehen Sie es nur, Herr Doktor, sagte sie: sie empfinden es wie eine Art Genesung, daß das Haus wieder still geworden, daß Orpheus wieder zur Unterwelt hinabsteigen darf. Nachdem es oben im Licht so bunt und lärmend zugegangen ist.

Er sah ihr heiter ins Gesicht. Um Ihretwillen bin ich allerdings froh, sagte er, daß diese Faschingslarven wieder fortgestürmt sind. Ich habe es Ihnen angesehen, wie wenig Sie dazu gestimmt waren, das Leben von früh bis spät nur wie einen Mummenschanz zu betrachten. Mir, wenn ich es ehrlich sagen soll, war das wilde Treiben nur in der ersten Zeit lästig. In den letzten Tagen fühlte ich mich innerlich so wohl, daß mir nichts meine Kreise stören konnte. Vielleicht habe ich es gerade diesem jähen Anfalle zu danken, daß ich nun so plötzlich mit mir ins reine kam. Es war wie die Krisis in einer physischen Krankheit.

Sie sah ihn mit fragenden Augen an. Darf ich wissen, fragte sie zögernd, was mit Ihnen vorgegangen?

Warum nicht, gnädiges Fräulein? Hab' ich nicht in der ersten Stunde unserer Bekanntschaft Ihnen eine Generalbeichte abgelegt, und sollte nun irgend ein Geheimnis vor Ihnen behalten, das mein Seelenheil betrifft? Aber erwarten Sie nichts Besonderes. Ich glaube nur den Punkt gefunden zu haben, auf den ich mich stellen muß, um nach meinen Kräften ein Stück Welt zu bewegen. Während hier unten Reif gespielt und getanzt wurde, bin ich auf den Gedanken gekommen, die Bücherkiste auszupacken, die ich mir schon vor drei Wochen von Hause nachschicken lassen, aber in meiner trägen Mißlaune noch nicht angerührt hatte. Da fielen mir meine alten Tröster, die griechischen Tragiker, in die Hände, und ganz gedankenlos fing ich an zu lesen. Ich war noch nicht mit dem zweiten Stück zu Ende, und auf ein mal legte ich das Buch weg und ging wie ein Unsinniger, halb berauscht, halb hellsichtig, als könne mir nichts mehr entgehen, nachdem mir endlich die Schuppen von den Augen gefallen, wohl ein paar Stunden lang im Zimmer auf und ab. Es war eine Idee plötzlich in mir zur Blüte gekommen und aufgebrochen, die längst in mir gekeimt und Sprossen getrieben hatte, Nun weiß ich, was ich zunächst zu thun habe: ich will ein Buch schreiben, ein schönes, starkes Buch, Fräulein Victoire, das so viel Seele und Geist enthalten soll, daß es immerhin der Mühe verlohnt, auf die Welt zu kommen, um so ein Buch darin zurückzulassen.

Sie lächeln, gnädiges Fräulein? fuhr er fort, obwohl sie ernsthaft den Kopf schüttelte. Sie glauben, ich sei bei dem Bemühen, mich selbst zu entdecken, ein wenig übergeschnappt und bildete mir ein, umgekehrt wie der Sohn des Kis, ein Königreich gefunden zu haben, da es doch nur ein armer Esel sei. Aber selbst wenn Sie recht hätten und an dieser meiner Idee nichts so Kostbares wäre, wie ich jetzt noch glaube: darauf kommt es ja nicht an, daß man das Unerhörte, Unvergängliche leistet, sondern daß man an sich selber glauben lernt und sich so hoch schwingt, wie es die Natur jedem einzelnen gestattet. Freude an sich selbst gewinnen, ist das nicht alles, was von einem armen Menschenkinde verlang werden kan? Erst dann können wir unseren Nebenmenschen erfreulich sein, was doch unsere höchste Pflicht und unser bestes Glück ist. Seit ich das Vertrauen zu mir gefaßt habe, daß ich etwas zu sagen habe, was die Welt von manchem bangen Mißverständnis erlösen kann, seitdem ist aller armselige Kleinmut und jenes bittere Gefühl der Unzulänglichkeit von mir gewichen, das mich besonders heftig überfiel, wenn Sie Ihre Orpheusarien sangen und ich aus jedem Ton heraushörte, welch eine starke Seele in Ihrer Brust wohnt.

Er hatte das Letzte mit leiserer Stimme gesagt, in der sich eine tiefe Bewegung verriet. Sie vermied es, seinen Augen zu begegnen.

Das alles haben sie Ihren griechischen Tragödien zu verdanken? So viel Heiterkeit und Selbstgewißheit jenen traurigen alten Geschichten, die ich freilich nur vom Hörensagen kenne?

Es würde mich glücklich machen, versetzte er, wenn Sie mir erlaubten, Sie in diese wundersame Welt einzuführen. Für wen sind diese ewigen Gedichte geschaffen, wenn sie Ihnen fremd bleiben?

Aber Sie dürfen sie nicht traurig nennen. Sie atmen die seligste Ruhe und Freudigkeit, wenn man sie tiefer ergründet. Nur haben die weisen Herren, die sich mit ihnen beschäftigt, den Schlüssel nicht gefunden, der ihre innersten Geheimnisse aufschließt, und so ist das heitere Gesicht, das sich hinter der Schreckensmaske verbirgt, den meisten unsichtbar geblieben.

Und Sie wollen es nun zeigen?

Es soll sich selbst offenbaren, nachdem ich all die Irrlichter aus dem Wege geräumt habe. Sie leben hier so entfernt von Lärm und Zank der ästhetischen Schulen. Aber auch Sie haben gewiß gelesen, daß es in einem richtigen Trauerspiel vor allem eine sogenannte tragische Schuld geben müsse, und ferner, daß der Zufall aus einem echten Kunstwerk zu verbannen sei. Nun sehen Sie: was das erste betrifft, bin ich zu der klaren Erkenntnis gekommen, daß eine Schuld nur tragisch genannt werden darf, wenn sie vor dem Richterstuhl der wahren Sittlichkeit als Unschuld erscheint. Denn daß ein großer Verbrecher, und wäre er so mit dichterischer Kraft ausgerüstet, wie Macbeth, durch die Strafe, die er leiden muß, nur den ganz prosaischen Gerechtigkeitssinn befriedigt, daß hier von einer tragischen Erschütterung nicht die Rede sein kann, wenn auch Hexen und Geister heraufbeschworen werden, uns das Haar zu sträuben, wer kann es leugnen? Ein großer tragischer Dichter hat hier einen Stoff von geringem tragischen Gehalt durch seine Kunst so geadelt, daß sich die Menge über den Unwert der Fabel als solcher täuschen läßt. Nehmen Sie dagegen eine einfache, fast kindische Liebesgeschichte, wie die jenes harmlosen jungen Paares aus feindlichen Häusern, das alle Weltklugheit, alle Rücksicht auf die Folgen verachtet und, weil es ohne einander nicht leben kann, mit einander den Tod findet! Die Schuld dieser beiden ist keine andere, als daß sie eben den Mut haben, ihren Herzen zu folgen. Es ist tragisch, mit einem Herzen geboren zu sein, das sich von seinem eigensten Gefühl nichts abdingen läßt. Hierin liegt das Recht und das Verhängnis aller wahrhaft tragischen Helden; ihr innerer Adel in der armseligen Welt, die ihre Gesetze nach dem Mittelmaß der Schwäche eingerichtet hat, stürzt sie in hoffnunglose Kämpfe, wo sie von der Wucht der Alltäglichkeit erdrückt werden. Und zu dieser Verschwörung des Gemeinen gegen das Erhabene gehört auch die Rolle, die der Zufall so häufig spielt, und darum berührt gerade sein

Eingreifen so erschütternd, weil wir dadurch an die Mächte erinnert werden, die selbst die stärksten Seelen vergewaltigen, an das Nichtige, Äußerliche, rein Tückische der Wirklichkeit, dem so oft das Ideale erliegt, – freilich ohne in seinem inneren Glanz dadurch getrübt zu werden. Und von diesem Punkt aus entspringt die Quelle der Heiterkeit, die durch alle Adern einer echten Tragödie fließt. Aber verzeihen Sie, gnädiges Fräulein, ich halt Ihnen da einen förmlichen Vortrag, der Ihnen vielfach dunkel bleiben muß, da Sie die Wege nicht gewandelt sind, auf denen ich zu diesen klaren Überzeugungen gelangt bin.

Sie schwieg einen Augenblick und sann vor sich hin.

Wollen Sie mich diese Wege nicht auch gehen lassen? Fragte sie dann. Unsere Abende sind oft ein wenig leer und zerstreut. Vielleicht lesen Sie uns ein oder das andere Stück und erklären uns dabei, wie es zu verstehen sei. Sie wissen, wie ungebildet ich bin. Und auch Zephyrine ist noch nicht zu alt, etwas zu lernen. Nicht wahr, teurer Zephyr?

Die alte Gouvernante war eben hinzugetreten. Als sie begriffen hatte, um was es sich handelte, erklärte sie sich eifrig dafür, daß man gleich heute Abend anfangen solle. Sie sei immer mit Vorliebe ins Theater gegangen, wenn etwas recht Schauerliches und Rührendes gespielt worden sei. Nur hoffe sie, daß in den alten heidnischen Trauerspielen der Anstand besser gewahrt werde, als bei ihren Götzenbildern.

Er war ganz rot geworden vor Glück und Stolz, daß er ihr etwas zu geben hatte, was sie in all ihrem Überfluss entbehrte. Gleich diesen Abend, nachden sie gegessen hatten und die Mutter mit einer Häkelarbeit in ihrem gewohnten Sophawinkel hinter dem grünen Lampenschirm Platz genommen, fing er an die Antigone vorzulesen, die er frei aus dem Original übersetzte. Er kam erst am folgenden Abend damit zu Ende. Den Tag hatte er benutzt, sich ein wenig vorzubereiten und die mächtigsten Chorstellen rythmisch nachzudichten. Als er geendet hatte und Zephyrine sich in hohen Lobsprüchen erging, auch seine Kunst des Vortrages immer von neuem bewunderte, schwieg das Fräulein lange Zeit. Zuletzt sagte sie nur: Ich verstehe jetzt erst ganz, was Sie gestern über die tragische Unschuld gesagt haben. Und auch hier – wie erschütternd, daß alles am Haar eines Zufalls hängt, um das Entsetzliche nicht noch abzuwenden. Aber es soll nicht sein. Das Edle und Reine soll kein irdisches Glück haben. Es hätte sonst zu viel voraus vor der Blöden, selbstsüchtigen Menge. Nur daß es mich heiter stimmen sollte, können Sie nicht verlangen. Ich bin vielleicht zu schwach und weibisch, um mich der Thränen zu enthalten, mitten in dem stolzen Gefühl, daß die so edel hingegangen, von meinem Geschlecht war.

Sie stand auf und trat an die offene Gartenthür, durch welche das Mondlicht mit dem süßen Lindenduft hereinströmte. Erst nach einer ganzen Weile, während die anderen still vor sich hingesonnen hatten, setzte sie sich an den Flügel und spielte ein Bach'sches Präludium, dessen kühl und ruhig auf und ab wogende Tonwellen wie ein reines Bad die erregten Nerven beruhigten.

Nun vergingen Tage und Wochen, ohne daß der leiseste Mißklang das Zusammenleben dieser so verschieden gestimmten Menschen gestört hätte. Das Feuer freilich, mit welchem Zephyrine anfangs sich für die Leseabende erklärt hatte, war bald verflackert. Sie unterdrückte aber sorgfältig den Seufzer, mit dem sie sich an den Tisch setzte, wenn der Doktor sein Buch aus der Tasche zog, und da sie im Schlaf ruhig zu atmen pflegte, gönnten es ihr die beiden, daß sie schon nach den ersten Seiten durch den schönen Vortrag, den sie noch immer rühmte, sich sanft einwiegen ließ, was sie nicht hinderte, sobald sie durch Philipp's Verstummen geweckt wurde, in lebhaften, aber vorsichtig allgemeinen Worten ihren Beifall zu spenden.

Statt ihrer nahm, da die Abende länger wurden, auch der alte Pfarrer an den Vorlesungen teil, nachdem er einmal zufällig dazugekommen war. Er hatte ein feines, mildes Gemüt, und das Gespräch über das Gelesene wurde durch diese dritte Stimme anziehender.

Auch die ersten Abschnitte des Buches, an welchem Philipp arbeitete, las er den beiden vor. Er war so voll von seiner Aufgabe, daß er selbst, wenn er in den Park ging oder den anstoßenden Wald durchstreifte, immer ein paar leere Blätter bei sich trug, um seine Einfälle, auf irgend einer Bank sitzend, sogleich aufzuzeichnen. Zumal ein Bänkchen am äußersten Rande des Parks hatte er sich zu diesen Improvisationen im Grünen auserwählt. Es stand dicht an einer niederen Hecke, die den Garten von einer Wiese schied, wo das üppigste Gras und die schönsten Blumen wuchsen. Wie eine Insel war diese helle Lichtung von schwarzen Tannen umgeben, und zuweilen konnte man hier ein Reh oder einen Hirsch heraustreten und sich äsen sehen, ohne Furcht vor dem einsamen Manne, der still drüben hinter der Hecke saß und eher selbst einem Wilde glich, das von einem unsichtbaren Schützen gejagt wurde und hier eine kurze Zuflucht gesucht hatte.

Darüber war es Herbst geworden, die Zeitlosen thaten sich unter den abgewellten Sommerblumen hervor, frühmorgens lag schon zuweilen ein bleicher Nebel über Garten und Wiesengründen, und die Schwalben hatten sich zur Abfahrt gerüstet. Da kam eines Morgens der Knabe in Philipp's Zimmer gesprungen mit der Nachricht, die Tante aus Mailand mit ihren beiden Kindern werde heut zu Mittag erwartet, sie reisten aber schon abends wieder ab. Sie seien auf dem Wege nach Wien, wo die Cousine Hochzeit halten werde, und wollten versuchen, ob sie Victoire nicht mündlich bewegen könnten, mitzureisen, was sie ihnen auf ihre schriftliche Einladung abgeschlagen habe, er freue sich sehr, seine Cousine zu sehen, sie solle so schön und groß sein, noch etwas größer als Victoire, und ihr Bruder, der schon vorm Jahr hier einen Besuch gemacht, sei ein herrlicher junger Offizier, mit dem er tausend Spaß gehabt habe. Auch die kleine Vogelflinte habe er ihm geschenkt und es bei der Schwester durchgesetzt, daß sie ihm das Pony gekauft habe.

Ein widriges Gefühl, über das er sich keine Rechenschaft geben konnte, übermannte Philipp bei diesem harmlosen Bericht. Am liebsten hätte er den ganzen Tag in tiefster Einsamkeit zugebracht, in seine Arbeit vertieft, bis die Störung des gewohnten Lebens wieder gewichen wäre. Als er vollends aus dem leichten Wagen, der die Reisenden brachte, einen schlanken jungen Mann, in der kleidsamen österreichischen Uniform herausspringen und, nachdem er einer älteren und einer jüngeren Dame herausgeholfen, ganz unbefangen Victoire umfassen und auf die Wange küssen sah, während der Knabe an ihm hinaufsprang, empfand er droben in seinem stillen Späherwinkel wieder die ganze Fremdheit, die ihn am ersten Tage so traurig gemacht hatte, und alle die vertrauten Stunden, in denen er sich als dazugehörig, als diesen Menschen in jedem Sinne gleichstehend betrachtet hatte, waren aus seinem Gedächtnisse wie

weggeätzt. Er verglich seine eigene schlichte Gestalt und den unscheinbaren Rock, den er trug, mit dem bestechenden Äußeren des
jungen Grafen, der hier so übermütig als ein Recht in Anspruch
nahm, was er als den Lohn einer ewigen Hingebung, als die Krone
eines ganzen Lebens sich hatte vorschweben sehen. Und nun wurde
das einem anderen zu teil, der kein anderes Anrecht darauf hatte,
als den Zufall des verwandten Blutes.

Er meinte, den Anblick dieser Vertraulichkeit nicht gelassen ertragen zu können. Dann erschien es ihm wieder als Feigheit, vor der
grausamen Wirklichkeit die Augen zu schließen. Und sie – wie
mußte sie von ihm denken, wenn er sich wehrlos einer eifersüchti-
gen Laune hingab, die sie jedenfalls durchschaut hätte!

So erschien er endlich zur Mittagstafel unten im Saal, und sein
Stolz gab ihm die Kraft, eine gleichgültige Heiterkeit zu zeigen. Er
hatte sich nicht zu beklagen, daß man ihn nicht nach seinem Werte
gelten ließ. Die Gräfin Mutter gab ihm so freundlich die Hand, als
ob er durchaus zur Familie gehörte, und dankte ihm für alles Gute,
was er ins Haus gebracht und wovon die Briefe ihrer Nichte, die
nicht leicht zu befriedigen sei, ein beredtes Zeugnis ausstellten.
Cäsar sei durch den kurzen Umgang mit ihm so unglaublich zu
seinem Vorteil verändert, als ob er ihn schon jahrelang genossen
hätte. Dann fragte sie mit dem lebhaftesten Anteil nach seinen Stu-
dien, seinen Erlebnissen und wie er sich in Hainstetten gefalle. Der
junge Graf, der draußen Arm in Arm mit Victoire auf der Altane
gelustwandelt hatte, trat hinzu und begrüßte ihn mit einer kordia-
len Wärme, der die eisige Stimmung Philipp's nicht widerstand. Er
mußte sich sagen, daß dieser glänzende junge Aristokrat wirklich
liebenswürdig sei und der Ehre wert, daß ein Tropfen vom Blute
Victoire's in seinen Adern floß. Um so tiefer versank er in heimliche
Schwermut und mußte alle Kraft zusammennehmen, um seine Fas-
sung zu behaupten. Doch sorgte die Munterkeit der jungen Gräfin
dafür, daß seine Einsilbigkeit nicht als Beklommenheit erschien. Sie
kam, ihre kleine Tante führend, der sie eben geholfen hatte eine
festliche Toilette zu machen, im vollen Glanz ihrer fremdartigen
Schönheit lachend in den Saal und unterbrach ein drolliges Ge-
schichtchen, das sie zu erzählen im Begriff stand, um Philipp gleich-
falls eine Hand zu reichen und ihn zu versichern, daß sie neidisch
sei auf ihre Cousine, der er so viel herrliche Dinge mitteile, wie sie

ein armes Weltkind unter lauter Sorgen für Putz und Tand sich nicht träumen lasse. Aber sie hoffe, wenn sie erst eine ernsthafte Hausfrau geworden, vieles nachzuholen, was in ihrer Bildung versäumt worden sei. Er wisse daß sie den Abstecher nach Hainstetten nur gemacht, um ihre lieben Angehörigen zu ihrer bevorstehenden Hochzeit nach Wien abzuholen. Auch er dürfe dabei natürlich nicht fehlen. Zunächst aber müsse er ihr helfen, Victoire's Eigensinn zu besiegen, die von einer Reise nach Wien nichts wissen wolle.

Sie wählte sich dann bei Tische den Platz an seiner Seite und unterhielt ihn so lebhaft und anmutig, daß auch er sich fortgezogen fühlte und allen schwarzen Gedanken zum Trotz sich von seiner besten Seite zeigte. Heimlich aber, während es ihr sichtbar gelang, ihn mit ihren veilchenblauen Augen, dem weichen blonden Haar und allem Reiz ihres etwas unvollkommenen, mit mailändischem Italienisch gemischten Deutsch ein wenig zu bezaubern, blieb immer der Druck auf seinem Herzen, und er brauchte nur flüchtig hinüberzublicken, wo der junge Graf Victoire mit seinem fröhlichen Geplauder völlig in Beschlag genommen hatte, um sofort wieder die ganze Unseligkeit seines Zustandes zu empfinden.

Das Mahl hatte länger als sonst gedauert; die edelsten alten Weine aus dem Schloßkeller waren durchgekostet worden; als man endlich aufstand, fühlte Philipp sich unfähig, seine Stimmung länger zu bemeistern, und da es ihm höchstens als ein Übermaß von Diskretion ausgelegt werden konnte, daß er die Familie unter sich lassen wollte, zog er sich, ohne sich zu verabschieden, zurück, ging erst auf sein Zimmer, dann aber, als es ihn in der schwülen Einsamkeit dort nicht lange litt, ins Freie.

Die Übrigen waren auf der schattigen Altane beim Kaffee zusammengeblieben und hatten, da in der That allerlei Familiensachen durchzusprechen waren, sein Fortgehen kaum bemerkt, bis auf Victoire, die seine wechselnde Laune auch über Tisch wohl beobachtet hatte. Als die Sonne sich endlich zu neigen begann, die beiden alten Schwestern sich zu einer kleinen Ruhe zurückgezogen hatten und Cäsar nicht mit Bitten nachließ, bis der Vetter mit ihm ging, um sich das berühmte Pony zeigen zu lassen, nahm die junge Gräfin Victoire's Arm und forderte sie auf, mit ihr durch den Garten zu gehen, da ihr das Stillsitzen lästig werde und sie ihr noch tausend wichtige Dinge anzuvertrauen habe.

Nun wandelten die beiden schlanken Gestalten, traulich einander umschlungen haltend, zuerst durch die sonnigen Kieswege des französischen Heckenlabyrinths und dann in die Schatten der hohen Eschen- und Ahornbäume hinein. Sie waren bis zu ihrer Firmelung in demselben Kloster erzogen worden, und gerade der Gegensatz ihrer Naturen hatte sie so eng an einander angeschlossen, daß sie gewohnt waren, sich alles zu sagen, und auch nach ihrer Trennung das schwesterliche Vertrauen eine der andern bewahrt hatte. Manches aber konnte in Briefen nicht so ohne Zwang zu Worte kommen, was jetzt von Mund zu Mund gehen durfte. So berichtete jetzt die junge Mailänderin die ganze, nicht immer glatte Geschichte ihrer Liebe und Verlobung, die einer früheren, hoffnungslosen Neigung ein Ende gemacht hatte. Die Erinnerung an die überstandenen Stürme ihres jungen Herzens hatte sie ernster gemacht, als ein flüchtiger Beobachter es diesem üppigen, vom Glück und der Natur verzogenen jungen Wesen zugetraut hätte. Als sie mit ihrem kleinen Roman zu Ende war, ging sie noch eine ganze Weile stumm neben der Freundin her. Dann warf sie plötzlich die Locken zurück, sah sich um und sagte:

Ich habe mir vorgenommen, diese alte Geschichte mit sieben Siegeln zu verschließen und keiner sterblichen Seele wieder davon zu sagen, wenn ich zum letzten Mal mit dir davon gesprochen hätte. Also genug davon, und jezt will ich auch das andere Gelübde halten, das ich mir gethan, als ich meinem Egon mein Jawort gab: so glücklich zu werden und ihn so glücklich zu macken, wie es zwei thörichte Menschen überhaupt nur zu stande bringen können. Nun aber ist die Reihe, zu beichten, an dir. Vittorina. Ich müßte mich sehr täuschen, oder deine schöne Seele ist auch nicht immer so glatt gewesen wie ein Spiegel, sondern hat manchmal Wellen geschlagen, die ziemlich hoch gingen. Laß uns aber dort auf dem Bänkchen niedersitzen. Die Sonne scheint zwar gerade hierher, aber wir können die Schirme aufspannen, und von der Wiese drüben weht eine frische Luft über die kleine Hecke.

Ich wollte dich um etwas bitten, Ghita, sagte Victoire, als sie neben der Freundin saß, den Rücken der Wiese zugekehrt, während sie mit der Spitze ihres Sonnenschirmchens die welken Blätter im Wege zu kleinen Häufchen zusammentrieb. Du mußt Gaston sagen, daß er den Gedanken, ich wäre eine Frau für ihn, ein für allemal aufgibt. Schon bei seinem letzten Besuch habe ich mir alle Mühe gegeben, ihm klar zu machen, daß noch mehr dazu gehört, um mit einander ein ganzes Leben lang glücklich zu sein, als daß man als Kinder mit einander gespielt hat und sich Cousin und Cousine nennt. Du begreifst das, nicht wahr?

Gewiß, versetzte die andere rasch. Aber ist denn hier nicht noch mehr vorhanden? Ist er nicht seit zwei Jahren so sterblich in dich verliebt, wie wenn du ihm wildfremd gewesen wärst, und du – mußt du ihn nicht auch liebenswürdig finden? Und wenn er vorläufig, da du ihm gar keine Hoffnung machst, aus einer Art Desperation, sich einem bedenklichen Leichtsinn überläßt, steht es nicht in deiner Macht, so bald du nur willst, ein Muster von Ehemann aus ihm zu machen?

Victoire's Mund lächelte ein wenig, während ihre Augen sehr ernsthaft blieben.

Dies alles will ich nicht bestreiten, sagte sie ruhig, wenn ich auch meine leisen Zweifel hege, ob er genau weiß, was er an mir liebt, und nicht hernach doch enttäuscht sein würde. Aber du weißt, Liebste, daß ich entschlossen bin, meine Mutter nicht zu verlassen, so lange sie lebt, und daß ich von Herzen hoffe, sie bleibt mir noch recht lange. Du wirst es vielleicht nicht ganz begreifen, aber es ist die volle Wahrheit: ich habe nie im Leben etwas so sehr geliebt wie dieses arme Herz, das für nichts Lebendiges mehr schlägt. Und siehst du, da ihr nun nirgend anders, als in Hainstetten, wohl ist, ein flotter, junger Offizier aber, wie Gaston sich unmöglich in unserer Weltabgeschiedenheit glücklich fühlen kann, selbst wenn er für seine Frau eine unvergängliche Leidenschaft empfände, so wäre es die größte Thorheit von der Welt, wenn ich nicht Vernunft behielte für uns zwei, oder für uns vier, und diese Laune meines teuren Vetters ernst nähme, die ihm selbst wohl nur darum so wichtig ist, weil er bisher nicht erfahren hat, was versagte Wünsche heißt und Verzicht auf irgend eine – noble oder ignoble – Passion.

Die Schwester schien die letzten Worte überhört zu haben. Sie warf einen raschen Blick auf Victoire und schüttelte dann den Kopf, wie jemand , der ein Rätsel ahnt, das er nicht zu lösen vermag.

Ist das wirklich dein wahrer und einziger Grund, Vittorina? Und wenn morgen deine arme gute Mutter abgerufen würde – auch dann würdest du dich weigern –

Ich weiß nicht, was ich morgen thun würde, nur was ich heute lassen muß. Warum stellst du mir so künstliche Fallen? Kannst du es mir verdenken, daß ich mich geflissentlich gehütet habe, Gaston so liebenswürdig zu finden, wie er dir und andern jungen Damen erscheinen mag, weil ich von Anfang an erkannte, daß es zu nichts führen könne, als zu unser beider Unglück?

Die junge Gräfin schwieg wieder eine Weile. Dann sagte sie plötzlich: Und so hast du dich selbst dazu verurteilt, wenn die Tante hundert Jahre alt wird, hier in der Einöde deine Tage hinzubringen und eine alte Jungfer zu werden?

Wer sagt das? Erwiderte Victoire gelassen. Nein, so thöricht, so sehr die Feindin meines eigenen Glückes bin ich wahrlich nicht. Ich will mich vermählen, so gut wie andere, doch ohne darum meinen Pflichten untreu zu werden. Sollte das so ganz und gar unmöglich sein?

Unmöglich? Wenn man so aussieht wie du und die Herrin von Hainstetten ist? Aber war es nicht immer deine Angst, schon im Kloster, daß sich jemand eben so leidenschaftlich in Hainstetten wie in deine schönen Augen verlieben möchte? Hast du jetzt einen Talisman gefunden, der dich degegen schützt? Oder gar schon den Phönix von einem Freier, der dich trotz deiner Eigenschaft als reichste Erbin in der ganzen Provinz zu seiner Frau machen möchte?

Victoire sah still vor sich nieder. Und wenn ich ihn gefunden hätte?

Um Gotteswillen! rief die junge Gräfin, mit ungeheucheltem Entsetzen aufspringend – es ist doch nicht gar – nein, das ist unmöglich! Das mußt du mir selbst versichern, damit ich's glaube. – Wie? Dieser interessante Fremdling – der Hofmeister – dein Vorleser und Bildungsprofessor – Herr Doktor Philipp Schwarz?

Sprich ein wenig leiser, Liebste, bat die andere, indem sie ihre Blicke spähend umherschickte. Hier ist zwar keine Menschenseele, aber auch die Vögel im Wald brauchen es noch nicht zu wissen, eh' alles reif geworden ist. Komm, setz dich nur wieder her und bitte, mach nicht ein so feierlich schmollendes Gesicht. Die Sache ist ja höchstens lebensgefährlich für mich selbst, und ich weiß ganz genau, was ich thue; auch bin ich kein von thörichter Liebe verblendetes Mädchen, dem eine gute Freundin die Augen öffnen müßte. Siehst du, Ghita –

Du bist nicht einmal in ihn verliebt und willst dennoch –

Laß mich nur ausreden, Herz; es ist eine wunderliche und doch simple Geschichte. Sie fing in der Rotonda bei Vicenza an und soll, wenn alles glückt, auch darin enden. Ich schrieb dir ja, daß ich dort eine unvergeßliche Stunde zugebracht habe, auch, wenn mir recht ist, daß mir der Gedanke kam, dies verwunschene öde Häuschen zu kaufen und es wieder im alten Glanz herzustellen. Zum ersten Mal empfand ich, daß es doch ein Glück ist, sehr reich zu sein, so reich, daß selbst so abenteuerliche Einfälle nicht bloße Träume bleiben müssen. Was ich aber damals nicht erwähnte, war, daß ich mich gleich entschloß, die Villa mit ihrem gesamten Inventar zu erwerben, und dazu gehörte ein gewisser junger Mann, der dort schlafend im Grase lag und den ich singend weckte. Ich weiß nicht, wie es kam, aber nach den ersten hundert Worten, die wir gewechselt hatten, stand es ganz fest bei mir, daß ich auch ihn dazu haben müsse, wenn das Gelingen meines Planes mich freuen sollte. Nenn es eine Grille, eine phantastische Tollheit, aber du weißt ja noch aus unserer Klosterzeit, wie gerade die abenteuerlichsten Einfälle mich am weitesten zu führen pflegten. Ich glaubte dann immer es meiner Ehre schuldig zu sein, dadurch, daß ich eine solche Laune durchsetzte, mir selbst und anderen zu beweisen, sie sei im Grunde ganz vernünftig gewesen. Und nie ist es mir besser damit geglückt, als diesmal. Denn den Eindruck, den ich in der ersten Stunde von ihm empfing: daß ich ein ganzes Leben mit ihm verplaudern könnte, ohne je so etwas wie Langeweile zu spüren, hat sich all die Monate, seit ich ihn auf die Probe gestellt, nicht nur bestätigt, sondern verstärkt. Hast du nicht selbst heut bei Tische erfahren, daß seine Unterhaltung einen Reiz hat, wie die sehr weniger Menschen –

Unterhaltung! rief Ghita, immer noch mit dem Ausdruck einer Überraschung, von der sie sich nicht erholen konnte; auch ein Buch kann uns aufs allerbeste unterhalten; aber wem würde es einfallen, ein Buch zu heiraten? Ich will gar nicht von dem sehr unscheinbaren Einbande dieser deiner Lieblingslektüre reden, obwohl du zugeben wirst, daß er nicht gerade schön, nicht einmal absonderlich aussieht. Aber die Hand aufs Herz, Vittorina: liebst du ihn denn? Möchtest du ihn –

Sie verstummte und wurde plötzlich von einer dunklen Röte übergossen. Die Freundin blieb so ruhig wie zuvor.

Ich weiß nicht, was du lieben nennst, sagte sie nach einer Weile. Eine Leidenschaft, die mich aus den Fugen brächte, wenn ich daran dächte, daß ich ihn nie besitzen sollte, – nein, davon ist keine Rede. Vielleicht, weil ich von Anfang an meiner Sache sicher war. Ich wußte, er konnte mir nicht entgehen, sobald ich ernstlich wollte, fühlte meine Macht über ihn und habe in all den Monaten sehen können, daß ich mich nicht getäuscht hatte. Kannst du mir das verdenken, Liebste? Weißt du nicht so gut wie ich, wie arm mein Leben trotz all meines Reichtums bisher gewesen ist, und wenn ich nun meinen Wunsch und Willen darauf gesetzt habe, statt eines Tizian von fabelhaftem Preise oder einer griechischen Statue mir diesen unscheinbaren Mann damit zu erkaufen, würde dir das ein so strafbarer Luxus scheinen?

Aber ein Mann, der sich kaufen läßt –

Still! unterbrach sie Victoire. Sprich nicht ein so häßliches Wort, das obenein ganz falsch ist. Gerade weil er ein solcher Träumer und Schwärmer ist, dem alle irdischen Schätze wertlos sind gegen eine einzige große Idee oder ein schönes Kunstwerk, gerade darum darf ich es mit ihm wagen. Ich weiß es ganz gewiß, er würde mich eben so heftig lieben, wenn ich arm wäre, wie Zephyrine, und er der Erbe von Hainstetten.

Er hat es dir gestanden?

Noch nicht, außer durch seine Blicke, die eine deutliche Sprache reden. Er ist viel zu stolz, um zu werben, ehe er seiner Sache sicher ist. Und darum will er erst ein Werk schaffen, das beweisen soll, er gehöre trotz seiner bürgerlichen Herkunft doch auch zum Adel der

Menschheit. Darin ist er so thöricht, wie alle Männer, die etwas auf sich halten. Als ob er mir erst gedruckt zeigen müßte, was er ist. Ich aber lasse ihn ruhig thun, was er nicht lassen kann. Wenn es mir zu lange währt oder gar nicht zu stande zu kommen droht, – ich weiß, Ghita, du hältst mich nicht für eine Kokette. Aber ich müßte kein Weib sein, wenn ich ihn nicht, so bald es mir gefiele, dahin bringen sollte, mir seine verschwiegenen Gefühle zu gestehen. Und dann – dann – je nun, dann will ich ihn so glücklich machen, wie ein so guter Mensch zu werden verdient.

Und hast du auch bedacht, was die Welt dazu sagen wird, wenn das Freifräulein Victoire von Hainstetten sich in eine Frau Doktor Schwarz verwandelt? Du weißt, ich selbst bin sehr vorurteilsfrei. Ich hätte meinen Lorenzo geheiratet, obwohl er ein simpler Lieutenant war, ohne Familie und mit einem mäßigen Vermögen. Aber so ein ganz namenloser armer Teufel, den du am Wege aufgelesen, – denn daß du dich in sein Griechisch verliebt hast, wird den Leuten noch unbegreiflicher sein.

Als ob mir daran läge, von ihnen begriffen zu werden! Nein, Ghita, ich habe bisher nicht erlebt, daß die Welt sich Mühe gab, mich glücklich zu machen. Nun soll sie es mich auf meine Façon werden lassen, und da wir hier in der Einöde, wie du es nennst, leben werden, ist es nicht einmal nötig, daß ich ihm den Adel kaufe. Wenn wir dann auf unsere Hochzeitsreise nach Mailand kommen – natürlich besuchen wir zuerst unsere Rotonda – ich habe schon Unterhandlungen mit dem Besitzer der Villa angeknüpft, mein Geschäftsführer schreibt mir, es sei Aussicht, daß der Kauf zu stande komme – die Familie mache nur noch Schwierigkeiten, um den Anstand zu wahren. –

In diesem Augenblick hörten sie die Stimme des Knaben, der durch den Park gelaufen kam und jetzt aus dem Schatten hervorspähend sie bemerkte.

Wo steckt ihr denn so lange? rief er ihnen außer Atem entgegen. Der Wagen ist längst vorgefahren, die Tante hat euch überall gesucht – Mama erlaubt, daß ich auf meinem Pony euch noch eine Strecke begleite.

Die beiden Mädchen standen auf. Was ich dir anvertraut habe, muß in dir wie begraben sein, flüsterte Victoire rasch. Nicht einmal dein Bräutigam –

O Vittorina, rief die andere und schlang ihren Arm lebhaft um den schlanken Nacken ihrer Freundin – es würde mir nicht über die Lppen kommen, schon aus Furcht, für eine Tollhäuslerin gehalten zu werden. An Gaston's Jammer und Wut, wenn es wirklich so weit kommen sollte, darf ich gar nicht denken. Aber ich hoffe noch immer –

Wißt ihr denn nicht, wo der Doktor geblieben ist? rief der Knabe dazwischen, der sich jetzt an Ghita's Arm hing und sie stürmisch fortzog, dem Schlosse zu. Ich habe ihn überall vergebens gesucht – er hätte so gut mitreiten können – jetzt muß es der Stallmeister thun – ich dachte, ihn noch am sichersten hier bei euch zu finden, da das sein Lieblingsplatz ist.

Du siehst, wir waren hier ganz allein, erwiderte Victoire. Er wird nach dem Dorf gegangen sein, am Wasser entlang. Aber es ist schade, daß er euch nicht mehr Adieu sagen kann.

Nein, Herz, sagt Ghita halblaut. Es ist mir lieber so. Ich weiß nicht, ob ich ihm ein unbefangenes Gesicht hätte zeigen können.

Der Wagen, der die Gäste nach der Stadt zurückbrachte, war längst fortgefahren, auch der Knabe von seinem fröhlichen Ritt in der Abendkühle zurückgekehrt, Philipp ließ sich noch immer nicht blicken. Man hatte endlich ohne ihn den Thee eingenommen, die Mutter saß, da es auf der Altane schon längst zu dunkel war und ein herbstlicher Wind vom Garten heraufwehte, im Saal hinter ihrem grünen Lampenschirm, und die Erinnerung an den Besuch, die in ihr nachklang, ließ sie ihres Kartenspiels vergessen. Zephyrine saß ihr gegenüber bei ihrer Stickerei und plauderte unaufhaltsam von dem schönen jungen Paare Gaston und Ghita, nicht ohne verstohlene Seitenblicke auf Victoire, da sie seit Jahren sich gewöhnt hatte, den glänzenden gräflichen Vetter als künftigen Gemahl ihres Zöglings zu denken. Das Fräulein aber sprach kein Wort. Da ihr endlich das eintönig fortrieselnde Geschwätz lästig wurde, stand sie auf, nahm ein Tuch um die Schultern und trat auf die Altane hinaus.

.

Ein heller Abglanz des Herbsthimmels lag über dem Garten, und häufige Sternschnuppen schossen unter dem lichtblauen Firmament dahin und schienen in den schwarzen Wipfeln des Parkes zu erlöschen. Da sah sie unten am Rande der Fontäne, deren Strahl jetzt ruhte, eine dunkle Gestalt, die unbeweglich nach dem Hause hinüber blickte. Ohne sich zu besinnen, schritt sie die Stufen hinab, über den breiten Platz vor der Altane hinweg und dem einsam Harrenden entgegen.

Sie haben sich vermissen lassen, Herr Doktor, sagte sie heiter. Wo hat Sie der Geist noch so spät umgetrieben? Und nicht einmal jetzt kommen Sie zu uns herein, um uns über Ihr Verschwinden zu beruhigen.

Ich sann darüber nach, versetzte er, indem er unwillkürlich einen Schritt zurücktrat, wie ich Sie es wissen lassen sollte, daß ich eine Unterredung mit Ihnen unter vier Augen wünschte. Wollen Sie noch ein paar Schritte mit mir durch den Garten machen?

Sie blieb regunslos stehen. Ihre Augen suchten die seinen, die von dem breiten Hutrande verschattet waren. Was haben Sie? sagte sie hastig. Ihre Stimme klingt so verwandelt. Sie müssen etwas erlebt haben – etwas das Ihnen sehr nah gegangen ist. –

Sie haben recht, erwiderte er. Ich habe etwas erlebt – etwas, das tragisch genug ist, um einen arglosen Menschen bis ins Innerste zu erschüttern. Wenn ich bloß Geist wäre und einzig am Erkennen der Dinge Interesse hätte, müßte mir das willkommen sein. Als eine Studie zu meinem Buch ließe sich's verwerten. Denn wirklich, es ist eine recht nachdrückliche Probe auf meine Theorie. Über zwei ganz Unschuldige bricht das Verhängnis herein, und auch an der schicksalsvollen Tücke des Zufalls fehlt es nicht. Nur von der berühmten Heiterkeit, die ich früher durch alles Grauen hindurchschimmern sah, spüre ich nicht den leisesten Schimmer. Vielleicht, weil der heroische Tropfen in meinem Blute fehlt. Vielleicht, weil die Dinge sich anders ausnehmen für den Mitspieler, als für den bloßen Zuschauer. Und übrigens wird diese Studie kaum meiner Arbeit zu gute kommen. Denn es ist sehr fraglich geworden, ob ich sie überhaupt zu Ende führe, da ich wieder ein unstäter Mensch sein werde. Ich hatte Sie nämlich zu sprechen gewünscht, gnädiges Fräulein, um Ihnen Lebewohl zu sagen. Ich muß noch heute Abend fort.

Immer noch starrte sie ihn ahnungslos an. Aber das ist ja unmöglich! brach es endlich aus ihr hervor.

Unmöglich? Vielleicht? Es kann sehr wohl sein, daß es über meine Kräfte geht. Dennoch muß es geschehen. Ich will Sie nicht täuschen, nicht Ausflüchte suchen. Wir sind uns denn doch zu nahe gekommen, um uns nicht die ganze Wahrheit schuldig zu sein. Wissen Sie denn, daß ich Ihr ganzes Gespräch mit Gräfin Ghita mit angehört habe.

Sie fühlte es wie einen Eisstrom durch all ihre Adern rinnen. Ihr Herz stand einen Augenblick still. Ein schwacher Laut des Entsetzens kam von ihren Lippen. Sie drückte die Augen zu, wie um sich gegen ein grelles Licht zu schützen, das plötzlich auf sie eindrang. Sie wäre umgesunken, wenn die Taxuswand, an die sie sich anlehnte, nicht fest genug gewesen wäre, sie zu stützen.

Sie werden das zunächst als eine Sünde gegen alle Schicklichkeit verdammen, fuhr er mit einer traurigen, tonlosen Stimme fort. Horchen ist verpönt. Man soll sich in kein Vertrauen einschleichen, das einem nicht entgegengebracht wird. Aber auch zu diesem unheilvollen Vergehen kam ich recht tragisch unschuldig. Mir war nicht wohl zu Mut bei der Tafel, wo ich Sie mit Ihrem Vetter so traulich plaudern sah. Denn natürlich mußte ich denken, er stehe Ihnen sehr nah. Da überfielen mich wieder meine alten quälenden Zweifel, ob ich Ihnen je so nah kommen könnte, wie ich es ersehnte, wie ich glaubte, es nicht mehr entbehren zu können. Das trieb mich hinaus, weit über Felsen und durch die Föhren, bis ich meinen Körper hinlänglich abgemattet hatte und meine arme Seele in eine Art Dumpfheit gewiegt. Ich bedurfte der Ruhe und suchte sie auf jener Bank, wo ich so manche Stunde der glücklichsten Träumerei zugebracht hatte. Aber ich fand dort die Sonne, die mir lästig war, und wählte endlich den schattigen Wiesenfleck hinter der Hecke, um meine Glieder auszustrecken. Sie kennen ja meine Schwäche, die so oft meine Rettung war: wenn ich traurig bin, einzuschlafen. Einmal kam mir in solchem Schlaf das Glück. Heute weckte mich dieselbe Stimme, wie damals – aber schwerlich zu meinem Heil. Und nun werden Sie begreifen, daß ich unter diesem Dache kein Auge mehr schließen könnte, selbst wenn ich es für schicklich hielte, eine solche Gastfreundschaft noch zwölf Stunden länger anzunehmen. Er verneigte sich bei diesen Worten leicht, als ob er sich von ihr verabschieden wollte. Da sie aber mit tief gesenktem Haupt vor ihm stand, übersah sie diese Gebärde. Er aber schien sich nicht losreißen zu können, ohne noch einmal ihre Stimme gehört zu haben.

Ich habe meine wenigen Habseligkeiten in den Koffer zusammengelegt, fuhr er fort. Und ein Billet an Sie auf dem Tisch zurückgelassen, in welchem ich Ihnen mitteile, daß ich durch den Brief eines Freundes nach Graz gerufen wurde. Er habe mir wichtige Eröffnungen in Aussicht gestellt; hoffentlich aber würde ich nicht lange ausbleiben. Die Nacht ist mild, ich denke den Weg zu Fuß zurückzulegen. Wenn dann ein Brief von mir kommt, worin steht, daß ich genötigt sei, eine weite Reise anzutreten, so wissen Sie, Sie allein, daß ich nie zurückkehren werde, und warum ich es nicht darf. Den andern – mögen die Gründe rätselhaft bleiben. Ich gestehe – und seine feste Stimme begann zu zittern – ich gehe mit schwerem Herzen von dem geliebten Knaben, der mir so sehr ans Herz gewachsen ist. Auch Ihre teure Mutter nicht wiederzusehen, kostet mich einen Kampf. Das geht nun in einem hin. Sagen Sie ihnen –

Er stockte und wandte sich ab. Da fuhr sie aus ihrer Betäubung auf.

Es ist nicht möglich! sagte sie. Wenn Sie alles gehört haben – alles – nein, Sie können nicht unversöhnlich gekränkt sein durch ein paar hingeworfene, unglückliche Worte – Sie müssen begreifen, in welchem Zusammenhang diese Worte –

Gewiß, unterbrach er sie. Ich begreife alles, und so kann ich auch alles verzeihen. Aber vergeben ist nicht vergessen. Denn es gibt Worte, die ein Mann von Selbstgefühl und Würde nicht vergessen darf, selbst wenn er dazu geneigt wäre. Gekränkt? Nein, ich habe kein Recht, mich gekränkt zu fühlen. Sie haben mir ja ein ganz ehrenvolles Zeugnis ausgestellt, ich habe nicht wie andere Horcher an der Wand meine eigene Schande hören müssen. Aber ich bin auch wahrlich nicht aus Eitelkeit liegen geblieben, um mich an meinem Ruhme zu laben. Ich gestehe Ihnen, daß ich fast körperlich gelähmt wurde durch die plötzliche Erkenntnis, wie Sie unser Verhältnis auffassen. Sie wissen, daß ich selbst darüber in Sorge war, ob ein Mensch, wie ich, der Mühe wert sei, die sich seine Eltern, seine Lehrer, sein Schicksal mit ihm gegeben haben. Und auch in der letzten

Zeit, wo ich lernte Freude an mir selbst zu haben, etwas von mir zu halten und von mir zu erwarten, – übermütig machte mich meine Selbstschätzung nie. Nur so weit freilich würde sie mich über kurz oder lang geführt haben, daß ich vor Sie hingetreten wäre, um Ihnen zu sagen, wie über alles ich Sie liebe, und wie ich trotz des äußeren Abstandes den stolzen Traum genährt habe, Sie zu meinem Weibe zu begehren. Denn Sie haben sehr richtig von mir gesagt, daß ich gerade, weil ich ein armer Teufel bin, von irdischen Schätzen mich weder verführen noch schrecken ließe. Ich hege allerdings die überspannte Meinung, daß wenn zwei Menschen einander geistig und sittlich ebenbürtig sind, aller äußerliche Unterschied nichtig und verächtlich sein müsse. Und ich hielt mich Ihrer wert und werde fortfahren zu glauben, daß ich gar keinen Grund gehabt hätte, zu Ihnen hinaufzusehen und es als eine Gnade zu betrachten, wenn Sie von Ihrer Höhe sich zu mir herabließen. Nun habe ich hören müssen, wie Sie darüber denken: daß ich Ihnen als ein schätzbares Inventarstück einer Villa ganz lieb und wert sei, daß Sie sich Ihres Reichtums freuten, weil er Ihnen erlaubt, den Preis auch für mich zu zahlen und den Luxus gönnen zu dürfen, einen namenlosen armen Teufel zu Ihrem Gatten zu erwählen, und wenn Sie auch selbst ihn nicht leidenschaftlich liebten, ihn doch so glücklich zu machen, wie er es verdient. Sie müssen es nun dem Armen nicht verdenken, daß auch er das einzige festhält, woran er Überfluß hat: seine Freiheit und seinen Mannesstolz. Oder wollen Sie mir sagen, daß all diese arglosen Worte Ihnen nicht aus dem Herzen gekommen seien? Daß Sie nur so gesprochen hätten, um gegen Ihre Freundin eine Beschönigung Ihrer künftigen Mesalliance zu finden?

Sie zögerte einen Augenblick. Nein, sagte sie dann mit fester Stimme. Ich kann nicht lügen. Ich würde es nicht können, auch wenn mein Lebensglück davon abhinge. Aber Sie sind grausam, all diese unglückseligen Worte zu wiederholen, die doch nicht das volle Gewicht haben, das Sie darin finden. Denn wenn Wahrheit zwischen uns sein soll, bin ich auch das Ihnen schuldig zu sagen, daß ich nicht alles, nicht mein allerletztes Gefühl damals ausgesprochen habe. Wenn es Ihren verwundeten Stolz heilen kann, daß ich meinen Mädchenstolz vor Ihnen beuge und Ihnen gestehe – nein, Sie würden mir jetzt nicht glauben. Aber Sie werden es einst glauben müssen, wenn Sie wirklich von mir gegangen sind und später einmal erfahren, daß ich kein Glück im Leben mehr gekannt habe, weil ich mir keines mehr denken konnte ohne Sie und zu stolz war, mit einem geringeren vorlieb zu nehmen.

Sie wandte ihr Gesicht nach der Laubwand , um ihre hervorbrechenden Thränen zu verbergen. Ihre Stimme aber war fest geblieben.

Ich danke Ihnen, sagte er in heftiger Bewegung, ich danke Ihnen von ganzem Herzen für dies Geständnis. Auch dieses Wort wird zu den unvergeßbaren gehören, und wenn die andern mich erdrücken wollen, mich aufrichten. Aber lassen Sie uns enden. Der Jammer ist doch unaussprechlich groß, daß wir zwei von einander gehen müssen, durch einen schnöden Streich des Zufalls geschieden. Wenn ich die Worte nicht gehört hätte, wäre alles mit der Zeit gut geworden, ja herrlich und Göttern und Menschen neidenswert. Denn ich weiß, Victoire, daß auch ich Sie so glücklich gemacht hätte, wie ein so guter Mensch zu werden verdient. Dann hätte nur in der Ferne eine junge Frau über mich die Achseln gezuckt, daß ich ahnungslos als ein williger Faktor in Ihrer wohlbedachten Lebensrechnung mitfiguriert und daß die Rechnung ein reines Facit ergeben hätte. Jetzt aber – und wenn ich die Mitwisserin ermordete – die Gedanken in mir brächte ich nicht zum Schweigen. Mitten im schönsten Glück würden die unvergeßbaren Worte wieder auftauchen: sie war reich genug, dich zu kaufen. Klagen Sie nicht mich der Grausamkeit an; unser Schicksal ist es. Wir wollen sehen, ob wir aus diesem Zusammensturz unserer schönsten Träume mehr davontragen, als das nackte Leben.

Er streckte die Hand nach der ihren aus. Als sie sie ihm nicht überließ, sank er plötzlich vor ihr in die Kniee, umfaßte stürmisch ihre wankende Gestalt, drückte seine Lippen auf den Arm, mit dem sie ihn abzuwehren suchte, und stammelte in wahnsinnigem Schmerz ihren Namen. Dann riß er sich mit seiner letzten Kraft in die Höhe und floh von ihr hinweg, während sie hülflos an der Stelle, wo sie stand, zusammenbrach.

Vier Jahre waren vergangen. In Hainstetten hatte sich nichts verändert. Nur das helle Gesicht des Knaben, der nach Graz zu einem Gymnasial-Professor in Pension gethan war, fehlte in Haus und

Garten, und das Antlitz seiner Schwester hatte niemand mehr lächeln sehen.

Da kam eines Tages ein Brief der jungen Gräfin Ghita aus Rom, wohin sie mit ihrem Gemahl gereist war, um einen Winter dort in der Stille zu leben, da die mailändische Geselligkeit sie übermäßig anzugreifen drohte. Sie plauderte in der alten schwesterlichen Weise von tausend Dingen, die der Freundin freilich sehr gleichgültig waren, von ihrer Reise, ihren alten und neuen Bekanntschaften, vom heiligen Vater und den Bettlern auf der spanischen Treppe. Zum Schluß des zwölf Seiten langen Briefes erwähnte sie einer Fahrt nach der Pyramide des Cestius, an deren Füßen der Friedhof der Protestanten mit seinen Cypressen und Denksteinen sich ausbreitet.

»Was wirst du sagen, Liebste,« hieß es wörtlich weiter, »wenn du hörst, daß ich hier, wo ich nur eine stille Stunde der Sammlung an der feierlichen Stätte genießen wollte, eine schmerzliche Überraschung erlebte. Ein einfacher, schräg auf dem Hügel ruhender Stein trug den namen jenes Norddeutschen, den ich an dem Mittag in Eurem Hause zum Tischnachbarn hatte: Dr. Philipp Schwarz – sein Datum der Geburt oder des Todes. Darunter aber die beiden lateinischen Worte: *Oblivisci nequeo*. Ich verstand sie natürlich nicht, und auch mein Mann ist mit seinem bißchen Latein bald zu Ende. Abends aber, im Salon der Fürstin Chigi, wo sich stets eine Menge Gelehrte und Künstler einfinden, wurde mir ein berühmter Archäologe vorgestellt, der seit Jahren auf dem Kapitol in dem dortigen preußischen Institut seine Wohnung hat, und wie das Gespräch hin und her schweifte, nannte ich auf einmal jenen Namen und fragte nach dem seltsamen jungen Mann, der so rätselhaft aus Hainstetten und so früh aus dem Leben verschwand. Du bist ja all meinen Fragen über die Gründe dieses plötzlichen Bruches ausgewichen. Nun erfuhr ich, daß gerade der Professor, mit dem ich von ihm sprach, ihm sehr nahe gestanden, so nahe überhaupt ein Mensch diesem wunderlichen Träumer stehen konnte, Er habe ihm sogar Bruchstücke aus einem Werk über den griechischen Volksgeist mitgeteilt, das ein Fülle tiefer Forschungen und ganz neuer Ansichten enthalten habe, Einsamkeit die Trümmerwelt Roms und die Campagna zu durchstreifen, sei das ganze Leben des merkwürdigen Menschen gewesen. Ein kleines Kapital, das er mitgebracht, hätte er leicht durch allerlei lohnende Arbeiten vermehren können. Statt dessen habe er, indem er es langsam aufzehrte, standhaft alles andre abgewehrt, um nur sich selbst zu leben, da er fest daran geglaubt habe, sein Verhängnis werde sich so oder so erfüllen, entweder ihn zur rechten Zeit zu Grunde gehen lassen, oder ihm die Mittel gewähren, fortzuleben. Nun sei leider das erste eingetroffen. Der Freund habe ihn oft halb scherzend beschworen, doch nicht die Zahl der trefflichen Deutschen zu vermehren, die sich durch Fleiß ums Leben gebracht. Da habe er immer tiefsinnig lächelnd den Kopf geschüttelt, einmal aber erwidert: wenn er früh sterbe, sei nicht sein Fleiß schuld daran, sondern unvergeßbare Worte. Was er damit gemeint, sei sein Geheimnis geblieben. Und endlich habe ihn im Juli, da er nicht zu bewegen gewesen, die fieberhafte Stadt zu meiden, der römische Typhus, die sogenannte Pernicioso, in etlichen Wochen hingerafft.

In seinem Nachlaß aber habe sich von jenem großen Werk nicht ein Blättchen vorgefunden.

»Wie ich nun dem Professor die Inschrift zeige, die ich sorgfältig in meinem Notizbuch aufgeschrieben hatte, und die er noch nicht kannte, da er die letzten Monate nicht in Rom gewesen, waren wir beide höchlich erstaunt. *Oblivisci nequeo* heißt nichts anderes als: ich kann nicht vergessen. Weißt du nicht das Rätsel zu lösen, welche unvergeßbaren Worte den Armen in den Tod getrieben haben?«

Die lebensmüde alte Baronin überlebte ihren einstigen Hausgenossen noch um volle zwölf Jahre. In dieser ganzen Zeit verließ die Tochter sie nicht einen einzigen Tag. Sie bewahrte ihre Schönheit bis in die reifen Jahre, und mancher kam, der um den Preis, sie heimführen zu dürfen, auch in die Verbannung nach dem abgelegenen Erdenwinkel gewilligt hätte. Sie wies aber jeden Antrag ruhig und ohne Besinnen ab. Ein halbes Jahr, nachdem die Mutter endlich ihre getrübten Augen geschlossen hatte, fand man sie eines Morgens durch einen Herzschlag entseelt in ihrem Bette und in ihrem letzten Willen die Bestimmung, daß man sie im Park begraben und einen einfachen Stein auf ihren Hügel legen solle mit der Inschrift:

Oblivisci nequeo.

Über tredition

Eigenes Buch veröffentlichen

tredition wurde 2006 in Hamburg gegründet und hat seither mehrere tausend Buchtitel veröffentlicht. Autoren veröffentlichen in wenigen leichten Schritten gedruckte Bücher, e-Books und audio-Books. tredition hat das Ziel, die beste und fairste Veröffentlichungsmöglichkeit für Autoren zu bieten.

tredition wurde mit der Erkenntnis gegründet, dass nur etwa jedes 200. bei Verlagen eingereichte Manuskript veröffentlicht wird. Dabei hat jedes Buch seinen Markt, also seine Leser. tredition sorgt dafür, dass für jedes Buch die Leserschaft auch erreicht wird.

Im einzigartigen Literatur-Netzwerk von tredition bieten zahlreiche Literatur-Partner (das sind Lektoren, Übersetzer, Hörbuchsprecher und Illustratoren) ihre Dienstleistung an, um Manuskripte zu verbessern oder die Vielfalt zu erhöhen. Autoren vereinbaren direkt mit den Literatur-Partnern die Konditionen ihrer Zusammenarbeit und partizipieren gemeinsam am Erfolg des Buches.

Das gesamte Verlagsprogramm von tredition ist bei allen stationären Buchhandlungen und Online-Buchhändlern wie z. B. Amazon erhältlich. e-Books stehen bei den führenden Online-Portalen (z. B. iBookstore von Apple oder Kindle von Amazon) zum Verkauf.

Einfach leicht ein Buch veröffentlichen: **www.tredition.de**

Eigene Buchreihe oder eigenen Verlag gründen

Seit 2009 bietet tredition sein Verlagskonzept auch als sogenanntes "White-Label" an. Das bedeutet, dass andere Unternehmen, Institutionen und Personen risikofrei und unkompliziert selbst zum Herausgeber von Büchern und Buchreihen unter eigener Marke werden können. tredition übernimmt dabei das komplette Herstellungs- und Distributionsrisiko.

Zahlreiche Zeitschriften-, Zeitungs- und Buchverlage, Universitäten, Forschungseinrichtungen u.v.m. nutzen diese Dienstleistung von tredition, um unter eigener Marke ohne Risiko Bücher zu verlegen.

Alle Informationen im Internet: **www.tredition.de/fuer-verlage**

tredition wurde mit mehreren Innovationspreisen ausgezeichnet, u. a. mit dem Webfuture Award und dem Innovationspreis der Buch Digitale.

tredition ist Mitglied im Börsenverein des Deutschen Buchhandels.

Dieses Werk elektronisch lesen

Dieses Werk ist Teil der Gutenberg-DE Edition DVD. Diese enthält das komplette Archiv des Projekt Gutenberg-DE. Die DVD ist im Internet erhältlich auf **http://gutenbergshop.abc.de**

Zeitfracht Medien GmbH
Ferdinand-Jühlke-Straße 7
99095 Erfurt, Deutschland
produktsicherheit@kolibri360.de